The River Between　Ngũgĩ wa Thiong'o

大 河 两 岸

〔肯尼亚〕恩古吉·瓦·提安哥 著　蔡临祥 译

人民文学出版社
PEOPLE'S LITERATURE PUBLISHING HOUSE

著作权合同登记号　图字 01-2018-3310

Ngũgĩ wa Thiong'o
THE RIVER BETWEEN

Text © Ngũgĩ wa Thiong'o 1965
This translation of THE RIVER BETWEEN is published by arrangement
with Pearson Educatioin Limited.
Simplified Chinese translation copyright © 2018
by Shanghai 99 Culture Consulting Co., Ltd.
All rights reserved.

图书在版编目(CIP)数据

大河两岸/(肯尼亚)恩古吉·瓦·提安哥著;蔡
临祥译. —北京:人民文学出版社,2018
(中经典精选)
ISBN 978-7-02-014486-0

Ⅰ.①大… Ⅱ.①恩… ②蔡… Ⅲ.①中篇小说-肯
尼亚-现代 Ⅳ.①I424.45

中国版本图书馆 CIP 数据核字(2018)第 187373 号

总　策　划　黄育海
责任编辑　卜艳冰　潘丽萍
封面设计　汪佳诗

出版发行　人民文学出版社
社　　址　北京市朝内大街 166 号
邮政编码　100705
网　　址　http://www.rw-cn.com
印　　制　上海盛通时代印刷有限公司
经　　销　全国新华书店等
开　　本　890 毫米×1240 毫米　1/32
印　　张　7.5
字　　数　127 千字
版　　次　2019 年 3 月北京第 1 版
印　　次　2019 年 3 月第 1 次印刷
书　　号　978-7-02-014486-0
定　　价　49.00 元

如有印装质量问题,请与本社图书销售中心调换。电话:010-65233595

Novella

第一章

两道山梁静静地相对而卧，一道叫卡梅奴，一道叫马库尤。两道山梁之间有一条狭长的山谷，人们称它为"生命之谷"。在卡梅奴山和马库尤山背后，还有无数杂乱无章的山坳和小山，它们像一只只沉睡的狮子，在上帝的土地上睡得又甜又香。

一条河弯曲地流过"生命之谷"；如果没有灌木丛和无数树木遮住河谷，那么，你站在卡梅奴或马库尤山顶上，也许能够一览无余地看到这条河的全貌。事实上，如果你想见到它，你就必须从山上下来，然而即使到了山下，你也不一定能够见到它像蛇一样蜿蜒穿过山谷静静流向远方的、优美的仪态。它叫霍尼亚河，是"复元"或"起死回生"的意思。这条河从未干涸过：它生机勃勃，藐视那连年不断的干旱和变幻莫测的气候，日日夜夜不紧不慢地长流不息。人们见到它，心里就感到无限的快慰。

霍尼亚河是卡梅奴和马库尤的灵魂。就是这条山溪将这里的人、牛羊、野兽和花草树木紧紧地联结在一起。

当你伫立河旁，凝视着这条河流连接起来的、卧狮似的两道山梁时，你会骤然发现它们好像变成了势不两立的敌人。它们俨然相对，好像随时准备为争夺这个近乎与世隔绝的地区的权力而决一死战。

那是很久很久以前的事情了。在马库尤，曾有一个人对人们说，吉库尤和穆姆比①在前往穆库鲁韦·瓦·加沙加的途中遇见了穆鲁恩故②，他们在一起定居下来，马库尤就这样自动获得了权力。其实没有多少人相信他这种说法。难道你没听到一直有人暗地里议论说，吉库尤和穆姆比是在卡梅奴定居的吗？不是说卡梅奴南部有一个小山拔地而起，那里就是他们居住的地方吗？穆鲁恩故还告诉他们说：

"善男信女听着，我将这片土地赐给你们，你们和你们的子孙后代可以在这片土地上耕耘播种，成家立业。"

就这样，从云海翻滚、与天相接的这一边到烟雾缭绕、云遮雾盖的那一边，这片广袤的沃野成了吉库尤的整个国土。这

---

① 传说中他们是吉库尤族的祖先。上帝造人时，造了一个男人叫吉库尤，女人叫穆姆比，他们的子孙后代就是今天的吉库尤部族。
② 吉库尤部族人们心目中的上帝。

就是卡梅奴的人们多少年来的一个传说。

后来，卡梅奴还有许许多多有趣的故事在不断地充实这个传说。在吉库尤和穆姆比落脚的地方有一片神圣的树林，那是人们景仰的地方。有心人屈指一算，不难算出卡梅奴造就过多少英雄豪杰和领袖人物，而且比邻近任何地方都多。吉库尤部族中出现过的伟大预言家穆戈·瓦·基比罗就是在卡梅奴土生土长的。他能未卜先知，预见未来，还常常将预见告诉前来看望他的人们。但人们却认为他玩世不恭。很少有人相信他，甚至骂他是骗子。一天晚上，当人们进入梦乡的时候，他悄悄地离开了卡梅奴，在群山中销声匿迹了。人们对他的下落众说纷纭，有人说他在尼耶里，有人说他在吉阿姆布，也有人说他在穆朗加。根据这些传闻，他好像到过吉库尤的每个角落。他的声音无形中在群山里不断地回荡："一群衣着华丽得像蝴蝶的人要来到山里啦。"

这些人后来确实来了，他们就是那些穿戴时髦的白人。

有一位叫卡米里的精明的巫师，他的巫术甚至使穆朗加的白人难以置信。在他被白人的微笑和厚礼征服以前，他的高超巫术和魔法就曾名扬四海。据说他也出生在卡梅奴。后来，他也像穆戈那样消失在群山之中，并且跑到山外去了。大概是他后来那种极不光彩的生活使他无法在卡梅奴继续待下去了。

还有一位叫瓦齐奥利的武士，他年轻时胆大力壮，赤手空拳打死过一只凶猛的狮子。后来他曾率领部族人民打败过勇敢善战的乌卡毕族和强悍的马赛族。最后，他虽然不幸死在白人流浪汉手里，但他的英名却留芳后世，成了无数年轻战士崇拜的偶像。

两道山梁巍然耸立，傲视着周围的一切。谷地的人们安居乐业，不闻山外世事，男男女女无忧无虑，自得其乐地处于一席之地。被征服的乌卡毕族再也不敢来进犯了，不然，连绵的山峦、巍峨的山梁和谷地都会成为他们的葬身之地。这里群山环抱，谷地周围层峦叠嶂，人迹罕至，就连来自尼耶里或吉阿姆布的吉库尤人要找到进山的路也非易事。那些不知多少年以前就已存在的山丘、山梁成了这块土地的心脏和灵魂。山谷中保持着部族的魔法、传统的习惯和礼仪。人们和睦相处，真诚相待。他们有时也互相争斗，但这只是他们自己内部的事情，外人没有必要过问；在陌生人面前，他们对山里的事往往沉默不语，他们是不会将秘密轻易告诉你的。俗话说家丑不可外扬，他们都知道自己是部族的维护人。

部族的首领们都是土生土长的。虽然山梁使他们几乎与世隔绝，但是部族中还是有少数人去过山外，见过世面。他们是由穆鲁恩故亲自派到山外去救贫扶危的，也只是他们才有幸见到外部世界的生活。这些人中间有伟大的预言家穆戈、光荣的武士瓦齐奥利和精明的巫师卡米里。

这些人后来成了山区的陌生人，因为山区里的事与他们再也无关了。只有那些留在山区的人，那些连血和肉也操着山区语言的人，才真正与山区生活紧密相连，才能真正尝到山区生活的酸、甜、苦、辣。山风吹，林涛响，正在为这些人祈祷，这时鸟兽们伫足静听，不敢轻易喧哗。只有待到来日，鸟兽们才会报以欢乐的呼叫或愤怒的哀鸣。

第二章

这里是一片广袤的平原，是吉库尤土地上独一无二的平原，它远离群山和山梁。你如站在高处，极目远眺，那白云尽处，雾气腾腾的地方就是乌卡毕族的土地。据说这里曾经是战云密布、刀光剑影的古战场。然而今天，这里却是牛羊遍地，一片和平安宁的景象。前方不远处有一群牛，有的安详地站着吃草，有的躺着抬起了头，一边反复嚼着草，一边安然自若地望着远方。

从林里忽然跑出两个青年，他们彼此追逐，开始打了起来。其中一个瘦高个子，脖子又细又长，不匀称的体形使他显得比实际年龄大得多。他叫卡马乌，是马库尤卡波尼的儿子。另一个叫基奴西阿，个头不高，但体格健壮，肌肉发达，额头很宽，眼睛浮肿，目光迟钝。父亲早年去世，后来他和叔叔住在远离马库尤两道山梁的一个小村庄里。

他们用树杈互相抽打，双方手中的绿色树杈在空中不断飞舞，你来我往，不相上下，树杈不一会儿变成了碎片，他们便信手扔掉了树杈。扔掉的树杈正好落在一头躺着的牛身上，牛受惊猛然站了起来，往前紧跑了几步。接着又有两头牛站了起来，慢悠悠地朝那头牛走去，再也不去关心这两个正在决斗的青年了。

卡马乌和基奴西阿开始摔跤，他们互相拉拉扯扯地转圈圈，谁也未能将对方摔倒。基奴西阿想将卡马乌举起，然后出其不意地用右脚将他绊倒，但没有成功。卡马乌也有他的一套打法，平时他虽不善辞令，但今天却变得很有口才，说出话来咄咄逼人。

"今天我可要让你明白我到底是什么人！"他一边发出警告，一边用右膝盖朝基奴西阿的肚子狠狠地顶了过去。

"牛！"基奴西阿痛苦地大叫了一声。

"鬣狗！"卡马乌反口骂他。

"你就是！"基奴西阿对他嘘了一声。

基奴西阿摆开架势，镇静沉着，满脸自信的神情。旁人一看，也许会认为他是胜利者呢。突然，他冷不防被石头绊了一跤，还来不及爬起来，卡马乌已经扑了上来，用膝盖紧紧地压住他的身体，用力将他的双手反背在头顶上，然后又恶狠狠地用头撞他的脸，撞得基奴西阿鼻孔直冒鲜血。这时卡马乌紧绷着脸，显得格外凶狠残忍。压在底下的青年疼痛难忍，无力地扭动着双脚，企图用双脚夹住卡马乌的脖子。可是他越挣扎，卡马乌的拳头打得越猛，简直将他打得晕头转向。

附近的两头牛抬起了头，朝这两个正在搏斗的青年看了看，然后又低下头若无其事地吃草。正在这时，有一个青年从远处牛群中朝这边飞跑过来。

"住手！"青年喘着粗气，边跑边朝这边喊叫。卡马乌听到喊声就住了手，但依然用膝盖紧紧地抵住基奴西阿。

"你们为什么要打架？"

"他骂我！"卡马乌回答说。

"撒谎！他耻笑我爸爸是穷死的，而且还……"

"他骂我爸爸是叛教，是白人的走狗。"卡马乌没等他说完就抢先说。

"是，就是！"

"住口，乞丐！"

"白人的奴才！"

"你……你……"

卡马乌暴跳如雷，气得连话也说不出来，转而又抢起拳头打基奴西阿。基奴西阿咬着牙，用乞求的眼光望着站在旁边的青年。

"请住手，卡马乌！我们不是盟誓说山里人都是朋友，都是一家人吗？"

卡马乌没有理睬他的话，但也没有忘记仅在三天前他们曾结拜为兄弟。

"他骂我父亲，我还能饶过他吗？"卡马乌质问青年说。

"我还要骂。"基奴西阿流着眼泪，狠狠地回答说。

"你敢！"

"我为什么不敢？"

"那你就试试！"

卡马乌和基奴西阿又开始扭打起来。站在旁边的青年怒不可遏，从旁拔起一棵草，狠命地咬着，两眼睁得滚圆。

"卡马乌！"他突然大吼一声。

这颤抖的吼声吓住了卡马乌，他吃惊地站了起来，抬头一看，那青年由于愤怒而涨得通红的眼睛正盯着他，好像是一道无声的命令，使他惊惶失措，脸色变得更加阴沉可怕，于是他顺从地站在旁边，不一会儿就悄悄地溜走了。基奴西阿痛苦地从地上爬起来，蹒跚地走了两步，然后用感激的眼光瞧着这个青年。青年斜视了他一眼。突然，在青年心里，由于卡马乌的屈服而无限自豪的感觉油然而生。几乎同时，他对自己刚才对待卡马乌的粗暴行为又感到内疚。如果卡马乌无视他的警告，以致他不得不用武力将对方赶走的话，他现在的感觉也许要好一些。

这个青年名叫瓦伊亚吉，是查格的儿子。论年纪，他比卡马乌和基奴西阿都小，虽然他还未行过再生礼①，但他已长大成人。他身材魁伟，行动敏捷，看上去像一位出色的运动员，头发干硬，而且打鬈，左眼上方留着一道弯曲的伤疤，那是他在和野山羊的一次搏斗中留下来的。那是很久以前的事了。有一次，一只野山羊正在追赶一个牧童，山羊锐利的双角眼看就要顶着牧童了，正在危急之际，他连忙捡起一根树枝，大喊大叫地赶了上去，山羊闻声猛然回头，迅速向他冲了过来，在他的额上戳开了一个血口，露出了头骨。他父亲闻讯赶来，及时救了他。这次追赶虽然完全出于偶然，谈不上是英勇的搏斗，可是伤愈以后，他在青年人的心目中却成了一位赫赫有名的英雄。这就是后来那些青年人，无论是年纪比他大的，还是年纪比他轻的，都愿意听他指挥的原因。

他的父亲查格是卡梅奴一位颇有名望的长者，年轻时娶了

---

① 按吉库尤部族的传统习惯，年轻人在进入成年人以前要举行成年仪式，成年仪式分再生礼和割礼两个阶段，再生礼是再现母亲分娩时的痛苦情景，使青年人受一次人伦教育，再生礼过后才能行割礼。

三个妻子，其中两个在饥荒年头里饿死了，幸存下来的妻子为他生了几个女儿和一个儿子。饥荒过后是一个丰收年，可是接着又发生了特大的旱灾和虫灾，赤地千里，饿殍遍地，死者不计其数。查格一家却在这次饥荒中幸存下来。现在，他的女儿们除了一个早丧外，其余都已长大成人，成家立业。村中的长老一见到查格，敬畏之心就肃然而生。这大概是因为他饱经世故，见多识广，通晓部族的古今，因此在部族中成了一位举足轻重的人物。

人们对他有许多传说：有人说他身上有神奇的魔法；有人说他能未卜先知，所以穆鲁恩故经常找他；也有人说他像多年前就预见到吉库尤的土地要遭白人侵犯的穆戈·瓦·基比罗那样能预见未来；甚至还有人说，查格和穆戈实际上是一家人。然而，谁也说不准哪种说法更可信。查格本人对此一直保持沉默。他曾警告人们要注意西里安纳教会中心。可是人们不相信他的话。从此以后，他对周围的一切就避而不谈了。过去，他曾经告诉山区的人们在穆朗加、尼耶里和吉阿姆布发生的一切，也告诉过他们在图姆图姆、吉库尤、利穆卢和吉贾贝① 发生的新鲜事，可是人们对此却将信将疑，甚至有人还反

---

① 均是肯尼亚地方名。

问他：

"那么，你是怎样知道的？"

"瞧呀，你们看看那些蝴蝶！"

"蝴蝶？可你从来没有离开过山区！"

"他们在山那边盖了许多房屋，还强占了许多土地。"

"你怎么知道山那边发生的事情呢？"

"太愚蠢！太愚蠢了！"他摇了摇头，失望地自言自语说。

当时，内罗毕正在大兴土木，铁路继续朝山里人没有去过的远方铺设过去。人们低声地议论说：

"白人不懂我们山里人的语言，也不熟悉我们山里的道路，他们能到山里来吗？"

但是，白人最终还是来到了西里安纳。像约苏亚和卡波尼这些人，在白人来了以后，都改信了宗教，抛弃了山里的一切传统习惯，开始有了新的信仰。山里人一谈到他们，就常常耸耸肩膀，用轻蔑的口吻说：

"外人有谁能找到进山的路呢？！"

当时，查格还很年轻，可是现在已经上年纪了。他的眼睛依然炯炯有神，闪烁着希望的光芒。他对风风雨雨的往事依然记忆犹新。但他守口如瓶，心中有数，如果没有遇上合适的人，他是不会随便提起这些往事的。

夕阳西沉，晚霞慢慢地消失，冷清的天宇开始散发出银灰色的幽光。放牧的青年们不愿摸黑回家，各自吆喝着牛群匆匆赶路，朝村里走去。穿过丛林通往山村有许多条小道，条条小道看起来是如此相似，以致一不小心就有可能迷路。然而，对于这些在山里土生土长的年轻人来说，哪一位不熟悉山里的路呢？

瓦伊亚吉回到家里时，夜幕已经笼罩了整个山村。查格正在焦急地等着他。一见瓦伊亚吉进屋，查格就将他叫到自己屋里。查格自己坐在一张小板凳上，背靠着屋子中间的一根柱子。屋里的炉火已经奄奄一息。瓦伊亚吉进了屋，忸怩不安地站在靠门的角落里。查格随手捡起脚下的一根树枝，小心地拨了拨火，顿时，火又旺了起来。

"你为什么这么晚才回家？"查格朝地上吐了口痰，头也没抬，问了儿子一声。

"我们到平原上放牛去了。"

"平原？"

"是的，爸爸。"

"走那么远！"沉默了一会儿以后，查格带着责备的口气对他说。

瓦伊亚吉没吭声，他在父亲面前从来不敢过于放肆。

"当心在黑暗中迷路。"

"是，爸爸。"瓦伊亚吉严肃地回答说。

查格依然低着头。瓦伊亚吉焦急地朝门外瞟了一眼。

"谁带你们上那里去的？"查格又突然问他。

"山里的路我都很熟悉。"他用自豪的口气回答心中敬畏的父亲，想让他放心。同时他要让父亲知道他再也不是一个幼稚无知的小孩了，他已经长大成人，完全有能力像其他男人一样对周围的事情做出判断了。

查格抬起头来凝视着儿子，若有所思地沉默不语。瓦伊亚吉在琢磨着父亲的心理。突然间，脑际中闪过这样一个想法：父亲对他不放心，也许还有点怕他。顿时，年轻人容易产生的一种自豪感涌上心头。心里还暗暗想道，其他的人如果有他这样一位父亲，也会产生这种自豪感吗？

"你还没有吃饭吧？"父亲温和的问话打断了他的思路。

"我刚到家。"

"那你一定饿了，去找你妈去，让她给你做点吃的。"

瓦伊亚吉正想迈步出去，父亲又将他叫了回来。他回过头，两腿不由自主地哆嗦了两下。

"记住，孩子，明天是你的再生日。"

"是，爸爸。"

"别忘了。"查格用郑重其事的语调对他说。

瓦伊亚吉走出门，大步地朝母亲的房间走去。事实上，对于一生中如此重大的事情，他怎么会忘记呢？

第三章

德米和马萨西是部族中的一代伟人。部族创业之初，他们披荆斩棘，砍树、毁林，开荒、垦地。后来，他们丰衣足食，牛羊满栏，牲畜成群。为此，他们常常向穆鲁恩故献祭，祭奠祖宗神灵。瓦伊亚吉曾经听过这个故事，他为部族中出现过这样的伟人感到自豪。现在，年轻人的好奇心促使他很想知道这两位伟人究竟是什么模样。他想，他们一定长得身高体壮，力大无穷，而且无所畏惧。

青年们在丛林里聚会娱乐时，常常喜欢饰演德米和马萨西。有一天，一个来自科伊纳的青年对瓦伊亚吉说："你不可能成为德米，绝对不可能！"

"为什么？"他反问道。其他青年都围拢过来。

"你还没有行过割礼①，也不可能行割礼，因为你还没有

---

① 割礼是东非一些部族为青年人举行的成年仪式的内容之一，男女青年到了成年年龄，都要举行割礼，男青年是割除生殖器的包皮，女青年是割除阴蒂。男女青年只有举行割礼以后才能算真正进入成年人的行列，才能成家立业。

再生。"

瓦伊亚吉低着头凝神沉思，觉得自己没有出息。他抬起头来看着青年们，一双明净的大眼睛饱含着忧虑的神情。然而，如果是在平时，你会发现，他看着你的时候，他的眼光好像具有奇异的力量，能穿透你的身躯发现你心底里的秘密。平素，人们不太容易理解他眼光的含意，只是当他与你面对面、目光对着你的时候，你才不得不承认他眼里有一种使人信服的魅力。他往常与人共事，常常是一半规劝，一半敦促；一半说服，一半命令。然而，与其说是说服，不如说是命令更恰当些。这也许是其他青年人顺服他的原因之一。就连他的妈妈也常常有意避开他的眼光。妇女和姑娘们也承认，他的目光常常使她们不知所措，面红耳赤。但这也不奇怪，因为即使其他男人看她们，她们也会这样。瓦伊亚吉并没有意识到这一点，只是有时觉得自己心里好像隐藏着一种火一般的浓烈的感情，这种难以言状的感情不断地拨动他的心弦，促使他去表达和探索。

有一天，他突然觉得自己就是德米，还情不自禁地喊道："我就是德米。"这时他看到附近有一棵树："看我能不能砍倒它！"他神气地说。然后他转身拿起一把斧子，走上前去用尽全身之力朝大树砍去。因为用力过猛，斧柄断成两截。旁边的青年对着他捧腹大笑。可是后来，他们竟然也像他那样各自拿起斧子，你一下我一下地砍了起来，终于将大树砍倒了，看来，他们也像德米和马萨西那样砍树、毁林、开荒种地。

瓦伊亚吉回到家里，兴奋地对妈妈说："妈妈，我要再生。"

这一天终于到来了。清晨，万丈红霞捧出了初升的太阳，亮光光、金灿灿，喷射出万丈光芒。牛羊正在喧闹，想要出栏。瓦伊亚吉步出门外，来到屋后，坐在屋檐下沐浴着暖洋洋的朝阳，顿觉怡然自得、无限惬意。他凝神玩味着今天将要发生的一切：今天不是要行再生礼了吗？这意味着他也可以亲自探索再生的奥秘了；也意味着从今天开始他也可以学习部族中的一切传统习惯了。他多么希望能像父亲那样通晓部族中古今的一切。

突然，他开始不安起来，有一种朦胧的东西在不断地冲击他的心，像电流那样迅速流遍他的全身。他期望这时卡马乌或基奴西阿能和他在一起，可这仅仅是他自己的期望而已。太阳愈来愈高，阳光洒在他的身上，他隐约觉得全身的肌肉在慢慢地收缩，他闭上眼睛，慢慢地琢磨他日夜盼望的、今天就要发生的事情本身的全部意义。末了，他满意地认为，这件事在他的一生中是很有价值的。至于其他的事情就没有必要去多想了，所要考虑的是从今天开始如何为完成一生中最大的一件事——

割礼做好一切准备。因为这将是他迈进成年人行列里的最后一步，到那时他才能算是一个真正的男子汉。

说不清多少美酒已经酿成，村中的长老们正在络绎不绝地来到他们家，其中有两位大清早就来了，现在他们正在忙着宰羊。前来参加仪式的人们都可以品尝特为仪式准备的羊肉。死者的灵魂和活人都被邀请来参加这个仪式。

仪式本身很简短：妈妈坐在灶台旁边，精神痛苦，好像正在忍受着分娩前的阵痛。瓦伊亚吉坐在妈妈的两个大腿中间。宰羊时从羊身上抽出的一根细长的羊筋紧紧地捆在妈妈身上，象征着分娩时孩子的脐带。一个曾当过助产士的老妇走了过来，割断了妈妈身上的羊筋，就在这时，孩子开始啼哭；等在门口的妇女们听到哭声，开始欢呼歌唱：

嗳——哩——哩——哩，
老人瓦伊亚吉再世，
继往开来，祖业后继有人。

一时，瓦伊亚吉飘飘然，魂游天外，他觉得自己成了德米，成了披荆斩棘的英雄，所有部族的人都顺服于他。然而，当他看到围着他的妇女们的一张张笑脸时，他突然清醒过来，像小孩似的又呜呜地哭了。他吃力地睁着眼睛，惶恐不安地环视四周，因为刚才瞬间他看见了一件不寻常的事情：在他面前，突然轰隆隆地惊雷大作，电光闪闪，使他睁不开眼。随后，他浑身发抖，觉得周围冷飕飕、阴森森的。他难过地哭了，眼泪像断了线的珠子似的顺着面颊往下淌。妇女们在不断地大声呼叫，但是瓦伊亚吉眼前是一片漆黑，什么也看不见。妇女的欢呼声在他耳边呜呜作响，好像是从远处传来的阵阵闷雷，又好像是他梦见一大群蜜蜂一齐向他袭来时发出的声音。他的哭声越来越高，周围的人们眼中都流露出惊疑的神色，因为过去行再生礼的青年谁也没像他今天这样哭过。

第二天，妈妈要下地去，行再生礼时剃光了头的瓦伊亚吉像小孩那样紧紧跟在妈妈后头，当妈妈要到霍尼亚河去打水时，他也是寸步不离。妈妈想让他到水里泡一泡，他却淘气地拒绝了，笑盈盈地站在岸边看着妈妈。

这一天晚上他很早就上床睡觉，刚闭上眼睛，突然感到无限的空虚，觉得周围的一切神奇莫测。他唯一感到慰藉的是再生礼已经结束，已经为割礼做好了一切准备，由此心中开始又产生了一种自豪感。

第四章

此后不久，瓦伊亚吉又像平常一样为眼前的活计忙开了。先是和青年们一起放牛，后来又到森林里去狩猎，闲暇时还常常和青年们一起唱歌跳舞，和他们一起沉醉在生活的欢乐之中。时光像流水一样从他身边悄悄地流过，他的生活也日复一日平淡地继续着。他的眼睛依然炯炯有神，也许比以前更加明亮、更加咄咄逼人。有人说，他的眼光带着杀气或者某种不祥之兆，这有什么大惊小怪的呢，就连他父亲的眼光也是这样的。他的父亲虽然老了，但他的风度和神气却不减当年。

行再生礼数周后的一天晚上，查格将瓦伊亚吉叫到自己屋里，这是做父亲的多年来的习惯，他常常喜欢将儿子叫到屋里一起聊天。然而，对瓦伊亚吉来说，这却不是一件心甘情愿的事，因为每次和父亲在一起，他总有一种受到压抑的不舒服的感觉。他磨蹭了半天才懒洋洋地走进父亲屋里。

查格仍像过去那样坐在屋中间的柱子旁边，周围躺满了羊，羊儿们低沉的鼾声隐约可闻。

"坐吧！"查格指着一张小板凳对他说。那张小板凳就在灶台旁边，紧靠着灶台还躺着一只又肥又壮的羊。瓦伊亚吉用左脚轻轻地踢了踢它，想将它赶走，但它死活也不愿离开，因此瓦伊亚吉只得将凳子移到另一边坐了下来。

"明天要去哪儿放牛？"

"尼亚马谷地。"

"你去过卡梅奴山南边吗？"查格问他时声音清脆，说得很慢。

"没去过！"瓦伊亚吉似乎在极力回忆过去，沉默片刻以后，才对他父亲作出肯定的回答，但不明白父亲为什么突然问这些。

"你听说过有关那片圣林的故事吗？"

"听说过。"

又是一阵沉默。瓦伊亚吉心里东猜西猜，他以极大的好奇心等着父亲继续说下去。

"你将牛羊交给你妈妈。明天我们要到山里去。"

夜，多么幽静的夜，万籁俱寂，空中稀稀落落的几颗星星闪着耀眼的光芒。瓦伊亚吉怀着又兴奋又惊疑的心情离开父亲的房间。兴奋的是他终于有机会到山那边去了。然而，他们到那里去干什么？在那令人神往的地方又能看见什么呢？这简直是个谜——男人的谜。还有，父亲心底里到底有什么秘密？他多么希望父亲今晚就能给他一个启示。不过这一切，明天这个时候也许就会完全明白了。对他来说，明天是多么不寻常的一天！因此，当他疾步来到妈妈屋里，坐在妈妈跟前时，他觉得自己已经成了这个家中举足轻重的人物了。

在崎岖不平的山间小道上，沿着霍尼亚河，查格和瓦伊亚吉步履艰难地向前走去。对瓦伊亚吉来说，这条路是完全陌生的。沿途荆棘丛生，藤萝遍地，逶迤曲折。瓦伊亚吉一次又一次地被藤萝挂住或者被荆棘划伤。尽管如此，爸爸在前面带路，他心里是坦然无惧的。除了害怕偶尔不小心滚进河里或者踩在小水坑里溅一身水外，其他没有什么可以担心的。有时，查格走了一阵之后总要停下脚来侧耳静听一会儿，瓦伊亚吉也跟着停下来听一听，但他往往什么也没听见。有一次，查格突然回过头来，按照吉库尤部族的习惯，对着瓦伊亚吉的胸口吐了一泡口水，表示对儿子的祝福。而瓦伊亚吉心里却暗中认为，这是爸爸对霍尼亚河的祝福。

一路上，他们彼此很少说话。但是，当查格在一棵树旁或者一片丛林中停了下来时，瓦伊亚吉就会立即意识到爸爸一定有什么话要跟他说，从而马上紧步迎了上去。

"这种树皮可以用来医治创伤。"他指着一棵树说。

"这种植物的根可以做草药，专门治肚子疼，用它的根煮水，喝下立即见效。"

有时他又会指着另一棵树提醒说："这种树的果子有毒，不能吃。"

瓦伊亚吉觉得自己从来不像现在这样和爸爸如此亲近。他怀着兴奋和自豪的心情暗暗想道：爸爸这样做，不是足以说明他的儿子可以信赖，可以赋予重任了吗？是的，他想对了，他已经长大成人，山里一切奥秘的大门已经向他敞开！

他们开始顺着山坡蜿蜒而上，沿路山石嶙峋，树木交错，藤萝垂崖，道路难行。瓦伊亚吉已经汗流浃背，喘着粗气，步履蹒跚地走走停停。然而，他爸爸依然健步如飞，看不出有丝毫的倦意。偶尔有受惊的羚羊突然从脚下一跃而起，连蹦带跳，奔向密林深处。瓦伊亚吉对羚羊怀有极大的兴趣，很想用手摸一摸它那油亮柔软的身躯。

"羚羊一见到男人就望风而逃。"

"为什么？它们见到女人难道就不跑吗？"瓦伊亚吉好奇地问。周围的山林一片寂静，山脚下淙淙流水之声隐约可闻。

"说来话长，古时候是女人掌权治国，她们一个个威风凛凛，神气十足。男人们非常嫉妒她们。就在某一天，等到妇女们都怀了孕，自顾不暇的时候，男人们便联合起来将她们推翻了。在这以前，一切财产都掌握在女人手里，我们见到的这些飞禽走兽原来都是她们喂养的，后来因为女人无力管理它们，它们就偷偷地逃到野外去了。这些飞禽走兽都知道女人无能，因此认为没有必要害怕她们。"

瓦伊亚吉恍然大悟，家里母亲没有财产大概也是情同此理。

他们穿林海，攀巉岩，几经盘旋，终于到了山顶。他们伫立山巅，回首张望，小道弯弯，千曲百折，有谁能说得清它已经历过多少人间沧桑！前方不远处，有一座小山傲然挺立，山上一块圣地隐约可见。一见到它，瓦伊亚吉顿觉兴致勃勃，非常兴奋。

小山脚下有一棵穆古莫树，高大挺拔，圣洁肃穆。周围灌木丛环抱，低矮的灌木丛好像都在低头向她表示无限的敬意。

据说很久很久以前，有一棵小树苗在山脚下突然破土而出，她长呀长呀，不知经历过多少人间的风风雨雨，终于长成参天大树。她高高地俯视着周围这片辽阔的土地。瓦伊亚吉仰望着这棵大树，顿觉周围有无穷的威力，而他自己却显得如此渺小。

现在瓦伊亚吉站在山顶上，俯视着大树那边的一切，流连着吉库尤的整个国土，多么辽阔的国土啊！他的心激动得几乎要停止跳动。一道道山梁在他脚底下一直伸向远方。东方的地平线上，朝阳已从云海中钻了出来，一个红彤彤的火球，金光灿灿地闪烁着耀眼的光芒，这光芒连结着云海、山川与平原。在远处的另一边，屹立着凯里亚加山，那秀丽的山峦好像悬在灰色的云雾之中，白雪皑皑的山峰在阳光下闪着银光，好像是穆恩鲁故的宝座。

卡梅奴和马库尤两道山梁依然静静地横卧着，它们再也不互相敌对了，而是和睦相处，共叙友谊。因此，它们中间出现了一片沃野良田。马库尤、卡梅奴以及其他许许多多不知名的山梁依然静静地躺着，人们从上帝之峰俯瞰这些山梁时，会觉得它们是那样寂寥，那样死气沉沉、毫无生气。

第五章

就连查格也被那绚丽的朝霞吸引住了。多么迷人而静谧的早晨啊！他触景生情，望着前方无限感慨地说：

"你看见了吗？这片土地多么辽阔！它一直伸向远方与天相连。"他情绪激动，声音洪亮、沉着。

"看见了。"瓦伊亚吉接着回答。

"真是美丽的土地！"

"是的，很美丽。"

"多么肥沃的土地！就连泥土也是青黑色的。"

"是的，很肥沃。"

"这都是我们的土地。"

"是的，爸爸。"

"你听说过吉库尤和穆姆比的故事吗？"

"听说过，他们是部族的祖先，是我们心目中的圣人。"

"你看见那座屹立在云雾中的大山吗？"

"凯里亚加山？"

"是的，那座山常常射出圣洁的光芒。"查格停了一会儿，抬起头来用无限虔诚的目光远望着凯里亚加山峰。"那是上帝之峰，是穆鲁恩故居住的地方，她就是在那神圣的山中造出了吉库尤和穆姆比。"

"是这样。"瓦伊亚吉轻声地回答。

"穆鲁恩故站在高山之巅，指着山下的土地对他们说，'这一切是属于你们的。'"

"是的，是这样，爸爸。"瓦伊亚吉若有所思地回答说。他觉得爸爸的话带着一种神奇的色彩，包含着一种不寻常的权威。

"后来，穆鲁恩故又将吉库尤和穆姆比带到我们这里。"查格站在离儿子几步远的地方自言自语地继续说着。最后他将视线移到山脚下的山梁和远近的群山；他凝视着脚底下那片沉睡的土地。瓦伊亚吉也严肃而好奇地朝前方望去，但除了眼前的一片开阔地以外，他什么也没有看见。他想，爸爸也许在凝视着一种他所看不见的东西。虽然他过去对爸爸有一种畏惧心理，但今天爸爸的形象在他心目中慢慢地改变着，爸爸的话无形中在增长他的见识和才能。查格不断地说着什么，这些话好像是对瓦伊亚吉说的，但更像是自言自语地抒发内心的感情。查格说话的声音发颤，瓦伊亚吉突然觉得爸爸的形象变得越来越高大。简直变成了另一个人。

"……在远古的时候，盘古开天地之初、穆鲁恩故将吉库尤和穆姆比带到我们这里，将这片无边无际的土地赐给了他们和他们的子孙后代。你知道吗？"

瓦伊亚吉抬起头来不知所措地望着爸爸，他简直摸不清爸爸的意思是什么，应该怎么回答。然而，这时爸爸正指着穆古莫树底下神奇的丛林继续说：

"那是一个圣洁的地方，是一片福地。就在穆姆比曾经驻足的地方长出了那棵参天大树，所以人们都知道卡梅奴是部族的发祥地。穆鲁恩故将他们从这里送到穆朗加的穆库鲁韦·瓦·加沙加地后，他们就在那里定居，生儿育女，一共生了九个女儿。女儿们又生儿育女，最后子孙满堂，足迹遍布全国各地。有一些子孙还回到我们这里——山梁纵横、沟谷遍地的国土上，继承和发扬我们部族的文明……"

这时，查格转过脸来凝视着儿子。

"你原来在这儿……"

"我们一起来的，爸爸。"爸爸的话使他迷惑不解。

"我知道，知道。"他心神不定地回答说："这里是吉库尤和穆姆比曾经驻足的地方，你知道吗？"

"听说过。"瓦伊亚吉回答说。

"你是那些返回山区的人们的后代。"

他俩沉默不语。瓦伊亚吉低着头，满腹疑团。

"你听说过穆戈·瓦·基比罗吗？"

"听说过。"

"他是一位先知，能够未卜先知，预见未来，对未来的一切了如指掌……穆戈是在卡梅奴出生和长大的。后来他离开了卡梅奴，到其他地方去诉说他的预见。他见到了许许多多五颜六色的蝴蝶，这些蝴蝶在全国各地游荡，威胁着人们的生命和安全。因此他就向人们大声地疾呼：'要警惕啊，像蝴蝶那样穿着花衣裳的人将要来到我们的土地上……'人们不相信他，甚至有人耻笑、讽刺说：'他是精神错乱。'人们对他的'要警惕啊！'的告诫根本不放在心上，不仅如此，人们还非难他，不给他衣穿，不给他饭吃。他很苦恼，一气之下，他深居简出，过着几乎与世隔绝的生活，再也不提预见到的事情了。后来他离开了吉库尤的土地，到山外遥远的地方去了；到了那里，他依然不知疲倦地向人们诉说：'要警惕啊……'可是那里的人也不相信他，依然奚落、嘲笑他。这样时间一长，山区的人以为他死了。可是过后不久，他又重归故里，过着与世无争的简朴生活。"

查格咽了一下口水，停了一会儿。他的眼睛闪着亮光，好像在不断地探索什么。接着，他不慌不忙地继续说："我们是他的后代，你的血管里流着他的血液。"

瓦伊亚吉陷入沉思，他感到惊讶的是，他的血管里竟然流着这位卓越预言家的血液。他好像深有感触地说："啊，原来如此！"查格似乎没有注意到他的表情，他依然滔滔不绝地说：

"他就是在这里与世长辞的。我们后来的人不知道他的坟墓在哪儿。但是有人说，他被穆鲁恩故带走了。"

查格停了一会儿，回头看了瓦伊亚吉一眼。就在这一瞬间，瓦伊亚吉觉得浑身直打哆嗦。

"你好像害怕了。你不应该胆怯，胆怯是懦弱的表现。人们不仅不相信穆戈的话，就连后来我自己告诉他们西里安纳发生的事，他们也不相信。"

瓦伊亚吉有生以来第一次如此诚惶诚恐，茫然若失，心里产生了一种从未有过的恐惧感。他极力控制自己，不让它流露出来。

"你一定会感到奇怪，我为什么要对你说这些。"

瓦伊亚吉真想大声叫喊："你不要再说了，我不想听了。不，不要再说了，爸爸。"他的声音很低，无力叫喊。他的腿在颤抖，泪痕满面。

"好，我不说了，这是最后一次。"

瓦伊亚吉觉得自己好像脚踩祥云，飘飘然从天而降。他突然有一种奇异的感觉，好像有一种什么东西飞速地朝他袭来，他甚至来不及阻挡，也无力阻挡。

"坐下。"爸爸平静地对他说。

这时瓦伊亚吉浑身无力，双脚好像踩在棉花上一样；听到爸爸的说话声，他一骨碌坐在草地上。

"你累了吧？"爸爸关切地问，并在儿子身旁坐了下来。

瓦伊亚吉的心已经平静下来，双脚也不哆嗦了。他开始为自己刚才软弱和胆怯的表现感到羞愧。

查格和气地低声向他讲述刚才没有讲完的故事：

"后来，穆戈生气了，再也不向人们讲述他的预见了。"查格停了一会儿，神情严肃，好像正在认真地追忆早已遗忘的过去……

现在，查格站在儿子身旁，弯下腰，双手扶着瓦伊亚吉的肩膀。瓦伊亚吉感到爸爸的双手在微微发抖。查格迅速缩回手来，然后用颤抖的声音说：

"孩子，现在你听着，认真地听，这是多年前的预言……对此我已无能为力了。当白人来到西里安纳的时候，我曾经提醒过人们要警惕白人。但是人们耻笑我。也许是我过于性急，说早了；或许这事与我无关，否则他们是不会不信的。穆戈多次说过，用大刀砍不死那些穿花衣裳的蝴蝶，用长矛也对付不了他们。除非你熟悉他们，了解他们的爱好和习惯，然后施以巧计，才能将他们赶走。穆戈临终前对儿子轻声嘱咐说：'救世主将要从山里来，从我血管里的血液中来。我也曾对那棵树说过，不久将有一个伟人降世，他是专为解救人民而来的！'刚说完，他便静静地闭上了双眼。现在已经很少有人知道他的预言。也许还有卡波尼知道，但他已背叛了部族，投到白人膝下去了。我已经老了，青春年华已经一去不复返。孩子，记住，我们家中只有你知道这个预言，记住这个预言吧，到教会学校去，去学习知识，增长才干，去了解白人的一切秘密，但是当心不要向白人学坏了。你要忠于我们的人民，要记住我们部族的传统。"

"爸爸——"由于心里不安一直保持沉默的瓦伊亚吉这时才开始吭声。他感到内疚，觉得自己太懦弱、太渺小。他张着嘴，不知道该说什么才好。

"你到教会学校去，去学会白人的一切。但要永远记住，救世主只能来自山里。不久的将来一定会有一个人在他的人民需要时站出来解救他们，向他们指出前进的方向，带领他们前进。"

"但是——但是——他们不认识我，我还是孩子。他们不相信穆戈……"

"他们爱怎么说就怎么说。时机一定会到，我会看见这一天的，那时他们一定会跪倒在救世主的脚下……"

群山苍茫，夜色沉沉。查格和瓦伊亚吉迈着疲惫的步伐回到家里。白天发生的一切，对于瓦伊亚吉来说简直就像一场梦。就他这样一个年轻人来说，怎么能同救世主连在一起呢？说实话，他能干的只是跑到山顶上，吹响号角，提高嗓门对人们说："请你们听着！伟人从山里来了，他要来拯救你们了！"

过了一会儿，他又开始怀疑爸爸是否神志清醒，这一切大概是老人的一场梦吧！当他想起爸爸刚才在山里的行为时，他差一点笑了出来。但他没有笑，因为他觉得身上有压力，也正是这种压力使他变成了一个真正的男子汉，然而实际上他还是一个孩子。

时机终于来临。这一天，瓦伊亚吉突然在山里消失了，除他爸爸外，谁也不知道他的行踪。他到西里安纳去了。在那里，当他读完第一学期的课程时，卡马乌和基奴西阿也奇迹般突然出现在他眼前。

就这样，这三个来自卡梅奴的青年在西里安纳利文斯敦牧师开办的教会学校里一起生活，一起学习，开始了新的生活。这所学校后来还发展成了一个规模很大的学院。山里和吉阿姆布、穆朗加等其他边远地区的青年都陆续来到这所学校学习。这些来自不同地区的青年，心里都有一个共同的目的——学会一套制服白人的魔法。

南风、北风，花开、花落，几年的日日夜夜，青年们都在学校里茹苦含辛，勤奋学习。瓦伊亚吉品学兼优，成绩突出。白人教士们满意地认为这位学生今后一定会成为一名出色的基督教领袖。然而，时局发展之快出乎利文斯敦的意料，也出乎勤奋学习的青年们的意料和想象。

第六章

　　卡梅奴和马库尤的早晨，凉风习习，颇有寒意。妮娅姆布拉坐在一个盛满水的水缸上，若有所思地凝视着眼前的妹妹，她发觉妹妹已经长大成人，修长的身躯变得越来越丰满，宽宽的胸脯已经开始出现美丽的线条。

　　村前那条河，流水潺潺，日夜不停，冲击着露出水面的岩石，不断传来一阵阵汩汩的响声。这条美丽、恬静的河流深深地吸引着妮娅姆布拉，她常常喜欢伫立河旁，微微闭上双眼，昂首挺胸，大口大口地呼吸浸透缕缕幽香的空气，多么清新啊！吸一口，如饮玉液琼浆，沁人肺腑，令人心醉。

　　在人们心目中，霍尼亚河在他们的生活中所占的重要位置是不言而喻的。这里的牛、羊和人同饮一条河水。难怪人们叫它"复元"或"起死回生"之河，而河谷则叫"生命之谷"。

　　村中的男女青年举行成年仪式时，常常喜欢在清晨成群结队来到河里沐浴。多少年以前人们就已发现清晨冰凉的河水可以使人全身麻木，可以减轻行割礼时的痛苦。妮娅姆布拉曾不止一次留意过这件事，甚至觉得事情本身是一件小小的罪过。她目送妹妹去河里打水时，心里骤然产生了一种嫉妒心理，觉得妹妹穆索妮似乎不应该比她先有这种想法。在她看来，割礼是一种罪过，是异教徒的野蛮习俗，上帝的儿女们不应该有行割礼的想法。可是她们姐妹俩还能再躲过这一关吗？在这种季节里，按照部族的习惯，她们这个年龄的姑娘是要举行割礼的。然而像爸爸约苏亚这样的人，这次是绝不会将她们送进行割礼的姑娘行列中去的。

"妮娅姆布拉，姐姐！"

妹妹的叫声打断了她的思路，她便抬起头来惊异地看着妹妹，默默地沉思：穆索妮有什么心事呢？在这姑娘的心灵中难道有什么烦恼和创伤？在过去整整一个礼拜里，或者更确切地说，在过去的两个月里，妮娅姆布拉发现妹妹心事重重，坐卧不安。这件事使她感到纳闷和担忧，因为她非常喜欢这个妹妹。

妮娅姆布拉比穆索妮年龄稍大一些。姐妹俩常常一起玩耍，一起劳动，形影不离，情同手足。一般人很难区分她们谁是姐姐，谁是妹妹。除妹妹的皮肤稍黑一点外，她们的个子、长相、胖瘦几乎相同。她们都有一双敏锐的水灵灵的眼睛，闪闪发亮的黑发既优美又柔软，谁见了都想伸手去摸一摸。

妮娅姆布拉性格内向，平时沉默寡言，有点过于拘谨。妹妹穆索妮却活泼、开朗。因此，对于妹妹性格的突然变化，妮娅姆布拉是不难看出的。这一天清晨，她们一起朝河边走去时，穆索妮神情沮丧，一声不吭。妮娅姆布拉心里忐忑不安，为了宽慰妹妹的心，她不知道苦口婆心地劝过妹妹多少次，但都无济于事。她想等着穆索妮说些什么，穆索妮却坐在水罐上迟迟不愿开口。

"我想告诉你一件事。"她突然对姐姐说。

"好，妹妹，你说吧。"妮娅姆布拉和颜悦色地说。

"但你必须保证不再告诉别人。"这是一种发自内心的恳求，是由于害怕而发出的哀求。看到妹妹这种与性格极不协调的行为，妮娅姆布拉直想笑，但是由于妹妹说话时低沉的声调和严肃、焦急的神情，她笑不出来。

"好，你先说吧。"妮娅姆布拉漫不经心地说；她有意将声调放得轻松一些，能让妹妹的心情愉快起来。穆索妮抬起头来，用恳求的眼光看了姐姐一眼，这一眼无疑使她的恳求变得更加恳切和坚决了。

"我曾反复考虑过这件事，因此睡不好觉，吃不下饭。我怎么会有这种想法，连我自己也说不清楚。我觉得时至今日，已经到了必须做出最后抉择的时候了。"她停了一会儿，将目光慢慢移到姐姐身上，然后一字一句地继续说："妮娅姆布拉，我想参加割礼。"

妹妹的话太突然了。妮娅姆布拉目瞪口呆地坐着，不知所措。她真不敢相信这种话会出自穆索妮之口。她目不转睛地看着小河，凝视着河边在微风中摇曳的草木。过了一会儿，她抬起头来望着河对岸，平时牛羊常常涉足的一条小路，逶迤曲折地静静穿过丛林，直通卡梅奴。绚丽的朝霞洒在丛林中的一草一木上，在小道上投下一道道长长的影子，飘飘拂拂，斑驳迷离。各种不知名的小虫欢快的鸣叫声与不远处山谷传来的哗哗流水声，也未能消除她心中的烦恼，她仍继续沉思。

"你要参加割礼？"妮娅姆布拉打破了沉默。

"是的，姐姐。"

"但是，爸爸不会赞成，只要你提起这件事，爸爸就会骂你。因此你就放弃这个想法吧。"妮娅姆布拉好像已经看见爸爸怒不可遏的神态了。"况且，"她继续说，"你是一个基督教徒，我们已经习惯了白人的那一套风俗习惯，爸爸把他在西里安纳学到的一切都教给了我们。你也知道，传教士们是反对姑娘举行割礼的，这些话爸爸也曾说过，耶稣也说过，这是一种坏习惯，是一种罪过。"

"行了，这一切我都知道，但我已下定决心。"

"为什么呢？"妮娅姆布拉反问她。

妮娅姆布拉心里明白，爸爸是不会同意妹妹的想法的。上帝的子孙后代都知道这是异教徒的习俗，白人教士们一贯反对这种做法，还不止一次警告过约苏亚。也许穆索妮被魔鬼迷住了心窍，否则她不会有这种想法。妮娅姆布拉心里在不断地琢磨。

"告诉我，你为什么要这样做？你知道这是魔鬼的恶作剧吗？我们都是基督教徒，早就参加过洗礼，你忘了吗？"妮娅姆布拉气得直喘粗气，心里好像有一团火。但她极力压住心中的怒火，想说服妹妹，挽救妹妹。

"这一点我知道，但是……"穆索妮欲言又止。她从未见过姐姐像今天这样生气，甚至气得眼睛都红了。她感到两腿发软，下意识地觉得自己有错。但是不久，她又重新振作起来，紧步走上前去，激动地对姐姐说："不，姐姐，请原谅我，我已下定决心。"这时她俩就像小孩那样，伸出双手紧紧地抓着对方的肩膀。妮娅姆布拉用惊疑的眼光看着妹妹，摇了摇头，然后用温柔的口气对她说：

"爸爸和妈妈……"

"请你听我说，我，我要成为一个真正的女人，一个完美的女人！你听见了吗？我要了解生活中的一切。"

"但是爸爸，请别忘了爸爸！"

"为什么？难道我们是傻瓜吗？"她打断了姐姐的话，继续说，"爸爸妈妈不是也举行过割礼吗？他们不也是基督教徒吗？但他们并没有因为举行过割礼而不是基督教徒呀！我虽也信奉白人的教义，但我认为姑娘行割礼是一件好事，一件大好事。这是因为她不仅可以成为一个真正的女人，而且在行割礼的过程中可以学会山区生活中的一切。当然，白人的上帝对我的这种做法是不会满意的，但我不在乎，这是我自己的事，我愿意这样干。因为我们生活的地方是在这山区里，而不是别的地方，这你是知道的。"她一边慷慨激昂地说，一边看着旁边，好像在和旁边的什么人说话。然后她又放低声音，对着妮娅姆布拉的耳朵说："爸爸说，在教会里有一位叫利文斯敦的，他一个人就有好几个妻子。你想想，他能和没有行过割礼的女人结婚吗？可以肯定没有一个部族不举行割礼，否则姑娘们怎能成为成熟的女人呢？"穆索妮说完松开了手，站在姐姐对面，默默地望着姐姐。

妮娅姆布拉和穆索妮面对面站着，相对无言。她不同意妹妹的说法，但也不想强迫妹妹同意她的看法。她从未认真考虑过这样的事情，她以前总认为爸爸所说的都是对的，再则也怕爸爸生气。穆索妮走上前去，用身体紧紧依偎着姐姐，温柔地向她恳求说：

"求求你，姐姐，千万别告诉爸爸！"

这时，妮娅姆布拉鼻子一酸，眼泪夺眶而出。妮娅姆布拉心软了，对妹妹产生了怜悯，已经愿意帮助妹妹，但她又觉得力不从心。

"你准备怎么办呢？"

"首先不能让爸爸妈妈知道。但我又不知道应当到哪里去才好。"

"有一位姑妈在卡梅奴。"妮娅姆布拉提醒她说。

"啊！对了，割礼的季节①一到，我就去卡梅奴找她。"

妮娅姆布拉还能做什么呢？她虽然想再规劝妹妹，但又觉得不会再有什么结果了，因为她了解妹妹，妹妹只要下了决心，就很难改变主意，妹妹的脾气很像爸爸，是爸爸遗传给她的。

霍尼亚河日夜不停地流动，各种昆虫依然伴随着淙淙的水声不住地鸣叫。过去，这一切曾给妮娅姆布拉带来无限的烦恼，但她现在已经习惯了，周围的任何东西似乎都不容易打动她的心，甚至早晨柔和舒适的阳光也未能使她感到快慰。她爱妹妹，心里局促不安，因为她不知道以后将会发生什么。

---

① 割礼一般在较为凉爽的季节举行，即收获季节刚过后的九月份前后。

她们顶着水罐，慢慢地爬上一个小山坡，朝马库尤家走去。突然，妮娅姆布拉听到妹妹一声惊叫，她猛回头，看见妹妹脸带惧色，头上的水罐正顺着山坡往河边滚去。

她们又不得不再走下山坡。"真不吉利！"妮娅姆布拉暗暗想道。

第七章

　　一轮朝阳破雾而出，万朵红霞给山村中的一草一木、一房一舍染上了一层橘黄色。散发着泥土芳香的一幢幢茅舍上空，升起了一缕缕炊烟。经过一夜，宁静的山村顿时热闹起来了，马库尤的男女老幼又开始了新的一天的活计。起早的两位姑娘已经顶着装得满满的两罐水回到了家里，而其他来迟了的妇女们则正顶着水罐忙着往河边赶。小孩们吆喝着一群群牛羊，争先恐后地、熙熙攘攘地来到河边饮水。

　　村中房舍虽然谈不上优雅别致，但也有其独特之处。所有的房屋几乎是清一色的圆顶房，茅草的屋顶，泥糊的墙壁。常常是三五户人家在一起，每户人家的屋前都有一个小小的庭院。唯独约苏亚的房屋与众不同，方形的房屋，屋顶是铁皮的。它孤单地独居一处，格外引人注目。屋顶上的铁皮由于日晒雨淋，天长日久已生锈破裂；一到雨天，屋里水漏如注，给人一种破屋危在旦夕的感觉。这间风雨飘摇中的危屋似乎告诉人们，马库尤过去那种各自为政、与世无争的传统即将寿终正寝。

　　那时，附近没有城镇。对山里人来说，内罗毕太陌生、太遥远了。西里安纳是离山村最近的城镇，是一个教会中心，有一个医院和一所男女混合学校，学生来自全国各地。那时传教士们还未涉足山区。尽管他们曾派教徒来过山里，但山里人还是像过去那样按照自己的习惯生活。为了给信徒们打气撑腰，后来利文斯敦亲自走访过山村，但一些具体事情也主要由约苏亚出面张罗。

　　妮娅姆布拉的父亲约苏亚虽已到了中年，但是精力充沛，布道时声音洪亮，震耳欲聋，他常常讲到权力与智慧。当初，村中只有他和其他寥寥几个人愿意接受新的信仰。当时他还年轻，为了逃避村中左邻右舍和亲朋旧友对他的攻击和非难，他从山区逃到西里安纳教会中心，在一所教堂里和白人住在一起，在那里亲身领会了白人的权力和神的魔力。他读书学文化，开始慢慢接受新的思想，以致新的思想最后完全占据了他，使他完全放弃了部族的一切习惯、权力和礼仪，转而信仰上帝，并且开始读有耶稣的书：

　　将有处女怀孕生子，人称他为

"以马内利"——神与我们同在。①

　　他认为，村里人愚昧无知，生活在黑暗之中，整天和污泥浊水打交道。山里人心目中的上帝穆鲁恩故和崇拜的神——姆韦内亚加和恩加伊②，白人却称这些是吉库尤人黑暗中的君主。

　　白人预言家以赛亚曾预言耶稣降世。那么，吉库尤人的先知穆戈·瓦·基比罗是不是也预言过耶稣降世呢？不，没有。以赛亚才是伟大的先知，只有他才预言过救世主降世。

　　　那些否认耶稣的是愚蠢无知；

　　　那些有罪的男女将被关进地狱；

　　　他们在地狱里将永远遭到大火焚烧。

　　约苏亚听到威胁性的话，常常觉得毛骨悚然、不寒而栗，甚至每根神经都在发抖。后来他举行了洗礼，他的心才得到安宁，也不再发抖了。

　　约苏亚内心产生了一种从未有过的喜悦，这种喜悦照亮了他的灵魂，使他觉得再也不会下地狱了。过去的一切已经过去，

---

　　① 引自《马太福音》耶稣的诞生一节。
　　② 吉库尤语对神的叫法。

从此他已脱胎换骨，重新做人。这是他在家里和教堂里经常挂在嘴边的一句话。

任何人信仰耶稣，便能脱胎换骨，成为新人。看，我自己不就是这样吗？

约苏亚参加洗礼以后，便成了一个名副其实的教士。现在他再也不怕查格，也不怕山里人对他指手画脚、说三道四了。因此，他又回到了马库尤，开始无所顾虑地布道。他布道时常常声嘶力竭，使人难以忍受。尽管如此，还是不断有人来听他讲道，有些人还慢慢受到感化，开始信仰上帝，和他一起赞美上帝。

然而，后来还是有一些人走回头路，他们依旧按照部族的风俗，饮酒作乐，唱歌跳舞，举行割礼。约苏亚眼看自己将要前功尽弃，就愤怒地咒骂这些人的行为，认为上帝的话根本没有在他们心中扎根。然而，他自己对上帝的虔诚，无论在公开场合还是在家里，却是无可非议的。他学习《圣经》严肃认真，毫不含糊。其实他是有意这样做的。他想给人树立一个榜样——像一盏明灯给他人指路；像一块垫脚石为那些弱者铺路，让他们踩着它到达耶稣的境界。

约苏亚坐在门口看见顶着水回家的两个女儿——一对亲姐妹，父亲的自豪感便油然而生。他希望两个女儿也能像他一样始终不渝地信仰基督和上帝。如果这样的话，他这个家不就成了信仰基督的典型了吗？

这一年风调雨顺，玉米和大豆都获得大丰收。村民们正忙于储备粮食。他们一个个笑逐颜开，喜形于色。马库尤的基督教徒们聚在一起向上帝祷告，感谢上帝对人间的恩赐。

卡梅奴和来自其他山梁的长老们聚集在圣树底下，正在向穆鲁恩故供献祭品。按照村中的习惯，这仅仅是开始，还有许多使人眼花缭乱的仪式和活动，比如，约苏亚和基督教徒们要为圣诞节举行庆祝活动。还有那些将要进入成年人行列的青年们要举行割礼。但是约苏亚是竭力反对割礼的，尤其反对姑娘们参加。他认为这种事情就今天来说带有新的含义，而且会影响马库尤和卡梅奴之间的关系。他还认为，参加这种活动是一种不可饶恕的罪过。不是有人告诉过他，让他卷起铺盖永远离开埃及吗？到那时候他将作为一名基督的卫道士昂首阔步地奔向理想的天国！没有人能改变他这种意志。他的最终愿望就是作为一个尽善尽美的人踏进新的耶路撒冷。

约苏亚完全相信姑娘们行割礼是一种罪过，对此他曾作过祷告，对于他曾和一位行过割礼的姑娘结婚的行为，请求上帝给予宽恕。

上帝啊，你要知道这不是我的过错。

上帝啊，宽恕我吧，因为她是在埃及时行的割礼。

有时，他单独和妻子米莉阿姆坐在一起时，常常凝视着她，愁容满面地说："你要是没有参加过那种愚蠢的仪式该多好啊！"

米莉阿姆和他结婚根本不是因为志同道合，而是因为他们彼此曾经认识。约苏亚是一个虔诚的基督信徒，对上帝和《旧约》①坚信不疑。因此，他心里常有一种不能自已的赎罪的意念，甚至有过鞭打妻子以求赎罪的想法。他认为，只要他是为了维护上帝的尊严，那么鞭打妻子又有什么关系呢！

在整整一年里，事态的发展使约苏亚大失所望。村里的人都在议论说，白人是约苏亚引进山里来的。因为当时白人已经不止一次来到山区。还有传闻说，最近要在马库尤设一个政府办事处，马库尤和卡梅奴两个山区要归这个办事处管辖。有一次，曾有一个白人来到山村，对村民们说，内罗毕政府要他们

---

① 当代圣经分为《旧约》和《新约》两大部分。

缴租纳税。当时人们耸了耸肩，对什么租呀税呀表示不理解。因此，人们转而埋怨约苏亚，说这件事完全与他有关。

约苏亚全不理睬这些议论。他自己明白政府的含义是什么，这是他从利文斯敦那里学来的。忠于政府就像一个基督教徒忠于基督教那样。属于恺撒①的东西应当归还恺撒，同样，属于上帝的东西也应当归还上帝。这个信条是每个基督教徒必须遵循的。从这个意义来说，白人不就是他的兄弟吗？山里的一切问题难道是由于白人的到来吗？不，这主要在于山里人不开化、蛮干，他们不愿意在光明中前进。如果不信，只要看看他们举国上下如何兴致勃勃地举行割礼，你就知道了。这样一来，那些有罪的人在罪恶的泥坑里不是越陷越深吗？约苏亚常常因事勃然大怒，过后却后悔不该那样，认为凡事都要忍耐。在山区里，祈祷竟有如此神奇的作用，以致约苏亚一次又一次地跪下来祷告，希望人们放弃旧的习俗，走白人指引的路。

祷告以后，约苏亚觉得心里平静了，脸上也露出了满意的神情。他盼望有朝一日事情会在山村里奇迹般地出现，但他认为必须有耐心。他又开始唱圣歌赞美上帝，但是：

①　恺撒（前100—前44），罗马将军和政治家。

上帝啊，你看他们已经准备好了，

割礼马上就要开始。

上帝啊，你为什么不能降临人间，

用你的威力去毁灭罪恶一代的邪恶习惯？

割礼就要开始，让我去阻止他们吧，

啊，我的主！

　　他好像觉得自己手握权杖朝他们走去，他要去惩罚他们，迫使他们屈服。难道不应该惩罚那些背离上帝的以色列后代吗？

天降大火雷电，

地上洪水泛滥。

　　然而，实际上什么也没有发生。当约苏亚和信徒们正在筹备庆祝圣诞节时，山里人举行割礼的准备工作也在继续进行。

第八章

　　约苏亚好像与教堂结下了不解之缘，他在教堂里常常一待就是一整天。这个星期天，他又在教堂里进行了长时间的讲道。尽管卡波尼有时接替他，但他还是忙得不可开交。人们认为卡波尼布道比约苏亚更有吸引力，更能为人所接受，因为他布道时绘声绘色，感情丰富。按照惯例，布道以后接着就是祷告和唱圣歌。随后，约苏亚还要匆忙赶到别的地方去参加别的聚会。他一天要跑好几个地方，有时候不得不一个山梁挨着一个山梁地来回奔跑。

　　不久前的一个星期天，约苏亚和往常一样进行了长时间的讲道。讲道结束以后，他已觉得精疲力尽。前一个星期他和卡波尼还在西里安纳，西里安纳离马库尤很远，他们是靠两条腿长途跋涉来到这里的。他本来已经疲惫不堪，经过这场讲道，就更累了。因此，他找到妻子米莉阿姆，让她听完讲道就和他一起回家。

妮娅姆布拉从来不等做完祷告和唱完圣歌就回家。因此，她听完讲道就走了，正好走在爸爸妈妈的前头不远。这次她没有和穆索妮一起。

妮娅姆布拉回到家里时，穆索妮不在家，这对穆索妮来说是不寻常的，因为过去她一个人留在家里时，常常和左邻右舍的姑娘一起说说笑笑，从不单独外出。而今天妹妹却不在家。她上哪儿去了呢？妮娅姆布拉心里嘀咕。

夕阳西下，黄昏已临到苍茫的山野，飞鸟已匆匆地投林归宿。穆索妮还是没有回家。妮娅姆拉开始发急，惴惴不安地在门口来回踱着，很想唱歌，解解心中的烦闷，但她没有唱出来。她回到屋里时，看见妈妈那张慈祥文静的面孔，心里才平静下来。约苏亚躺在床上，两眼盯着屋顶，好像在沉思什么。她一想到爸爸准会问她妹妹到哪里去了，心里又开始不安起来。因为她知道爸爸是不允许孩子们晚回家的。村子那边传来一阵阵刺耳的歌声，那是在举行割礼仪式。约苏亚的脸板得铁青，他不允许自己的孩子去沾染那种肮脏的事情。

"奇怪，穆索妮上哪儿去了呢？"米莉阿姆不安地问。她是一个文静而心地善良的女人。平素最不喜欢看到别人吵架顶嘴，就连在家里说话声高一点她也觉得不应该。她常常嘱咐孩子们听爸爸的话，她从不说过于严厉的话或者采取过激的行动。

平时她要孩子做什么事时，总是说："这是你爸爸说的……"她希望孩子们听爸爸的话，遇事不要急躁，也不要动怒。她深深体会到了基督教徒主张忍耐和顺服的意义和价值。她觉得她自己就是这样做的，因此她在生活上没有忧愁，也没有烦恼。她有了丈夫，而且用她自己的方式深深地爱着他。她对上帝的虔诚和信仰是与她对丈夫多少有点害怕的心理连在一起的。其实这也是宗教信仰所提倡的。从米莉阿姆的眼神中可以看出，她的信仰宗教不过是向别人学来的，仅仅是仿效别人的做法而已，至于在她这个土生土长的吉库尤妇女的心灵深处，她还处于沉睡之中。

妮娅姆布拉默默地沉思。她不知该怎么回答爸爸才好。往日，约苏亚有什么事情时，常常喜欢叫穆索妮。刚才他叫穆索妮时，妮娅姆布拉和米莉阿姆面面相觑，好像她们刚发现穆索妮不在家似的。妮娅姆布拉还有意跑到门外，好像要去找穆索妮，其实是想躲开爸爸，害怕看到爸爸发火时的神情。穆索妮没有说过她今天要离开家，她是从教堂出来时偷偷溜走的。但妮娅姆布拉也没忘记几天前的清晨她和穆索妮一起在河边时的情景。

妮娅姆布拉进屋时，看见爸爸正站在米莉阿姆近前，满脸怒气地盯着她。

"我再说一遍，你一定知道你的女儿在哪儿，你快给我出去！将她找回来。"

夜越来越浓，山村周围漆黑一团，伸手不见五指。妮娅姆布拉局促不安地站在门边。在三块石头砌成的炉灶上，一罐水早已开了，水不断往外冒。米莉阿姆出去了。这大概就是做母亲的含义吧，她将为女儿承担一切罪过。她在黑暗中到处寻找穆索妮，凡是她认为穆索妮可能去的地方她都找过了，最终还是没有找到。她失望地回到家里。妮娅姆布拉已将那罐滚开的水从灶上拿了下来。约苏亚紧绷着脸，妮娅姆布拉低着头，全都沉默不语。

"找到她了吗？"约苏亚向米莉阿姆说。米莉阿姆没有吭声。

"再出去找，不能让她在外边过夜！"

米莉阿姆犹豫不决，天这么晚了，到哪儿去找呢？她心里暗暗责怪丈夫不应当这样蛮不讲理，但她一时又不知道该如何回答丈夫。站在旁边的妮娅姆布拉看到对丈夫忠心耿耿的母亲这种窘态，她心里感到很不是滋味。那么，要不要将穆索妮的秘密告诉他们呢？要是穆索妮一会儿回来，那又怎么办？

"但是——但是——"米莉阿姆神情沮丧，说话结结巴巴。妮娅姆布拉极力控制着自己，不说出穆索妮的秘密，因为她曾向妹妹做过保证。

"也许她上姑妈家里去了。"妮娅姆布拉忸怩不安地低声说。不说则已，她这么一说，爸爸几乎朝她冲了上来。

"什么！姑妈？去干什么？快说！"

妮娅姆布拉在爸爸盛怒之下畏缩了，但还是避重就轻地说："我想，她到卡梅奴姑妈家去了。"

"去干什么？"

爸爸逼得她进退两难，差点控制不住自己了。她把嘴唇闭得紧紧的，惶恐不安地看着门外，准备在不得已说出来时夺门逃跑。可是在爸爸严厉的目光逼视下，她终于忍不住脱口而出：

"割礼。"

"什么！"

"割礼。"

没等她冲出门外，约苏亚的一只强有力的手已经挡住了她。他恼怒地盯着女儿，简直要疯了，连嘴角都冒着白沫。

"你怎么知道的？谁告诉你的？"

妮娅姆布拉站在爸爸旁边，惊恐万状。她以为爸爸会打她，可是出乎意料，爸爸却放开了她，喘着粗气走了出去。一时，苦闷、疑虑、烦恼一齐涌上她的心头。可是与此同时，她却对爸爸产生了一种同情心。不一会儿，约苏亚又走了回来，朝火堆旁的那张小凳慢慢地走去，像一头斗败了的猛兽，垂头丧气地坐了下来，低着头有气无力地说：

"现在，我让你们去卡梅奴，去你那位姑妈家，叫穆索妮回来。如果她回来，我可以原谅她；如果她不回来，就告诉她，我再也不承认她是我的女儿了。"说完，他站了起来，上床睡觉去了。

屋里一片寂静，气氛令人难堪。米莉阿姆凝神沉思，穆索妮的行为使她感到意外和不可思议。她打心眼里喜欢穆索妮，不愿意离开她，更不愿意失去她。她心里完全理解约苏亚刚才说话的含义。想到这里，两行热泪不由自主地夺眶而出，在忽闪忽闪的微弱的火光下闪着亮光。火在慢慢地熄灭，在朦胧的余光映衬下，屋里隐约可以看到一个个影子，这些影子不断地晃动，好像有意嘲笑她。

第二天，妮娅姆布拉给家里带来使人失望的消息：穆索妮不想回家。

约苏亚听到这个消息，脸上显得更加阴沉可怕。他闷不作声，正如昨晚在梦中被魔鬼抓走而感到恼怒。他开始祷告，乞求上帝怜悯他，不要让他再做这样的噩梦。对于像他这样一个循规蹈矩的基督教徒来说，妮娅姆布拉带来的消息简直像箭穿心那样疼痛难忍。

从此以后，约苏亚认为穆索妮已经不在这个人世了。因为是她给他和他苦心经营的家带来难治的创伤和难以洗刷干净的罪过。也是由于她，他让这个家成为基督世界楷模的理想成了泡影。

好吧，就让她自己回埃及去吧。对！让她回去。而他，约苏亚将继续朝着新的耶路撒冷昂首阔步地前进。

第九章

一个风调雨顺的好年景刚过，又是一个丰收年。村里的人一个个笑容满面，欢天喜地。连年大丰收是多年以来没有过的。然而，村中那些饱经世故的老年人见到这种情景，却隐约地流露出一种不安的神情。因为他们年轻时也曾见过这种情景。

老年人不停地向穆鲁恩故供上祭品，祈求主赐福于民。因为，谁说得准在这异乎寻常的大丰收之后不会发生什么灾难呢？谁会忘记山里发生过的那次大饥荒呢？那次饥荒几乎毁掉了山里的一切，当时，吉库尤赤地千里，寸草不生。那是白人进山以前发生的事了。那时的青年人现在都已成了老年人。但是，他们对那种先是连年丰收，然后是大荒年的悲惨情景依然记忆犹新。

查格对那次饥荒的情景也依然历历在目。当时，他和其他许多人都认为不可能发生饥荒。但是天不从人愿，灾难还是临到他们头上。他只好带着结婚不久的两个妻子，随着逃难的人群，沿着山间的秘密小道，离开山村到山外去了。尽管如此，两个妻子还是没有逃过那场灾难，相继离开了人世。当时，查格还年轻，又娶了一个妻子，然后带着妻子回到了山村。回来以后，他常常告诉人们一定要警惕白人，但人们不听他的话。即使后来白人到了西里安纳，人们也没有将他的话放在心上。在卡波尼和约苏亚改信基督教后，查格和他们断绝了来往。他常常对人们说，这些基督教徒不会给人们带来什么好处。凭着他的见识和灵感，他认为约苏亚这些人将来一定会给整个吉库尤带来分裂，而这种分裂最终将使整个部族遭到灭顶之灾。

基督教徒不是在不遗余力地贬低和反对我们部族的优秀传统吗？割礼是吉库尤人生活中不可缺少的传统习惯。谁听说过哪一位姑娘没有行过割礼呢？有谁愿意为没有行过割礼的姑娘送牛羊[①]？如果有人这样做，那么这种人也不可能是他的儿子，他相信儿子瓦伊亚吉绝不会背弃部族的传统。

至于他的家庭，查格再也没有任何后顾之忧。他的女儿们都已行过割礼，并且都已成家立业。至于儿子瓦伊亚吉，虽然多年来一直在西里安纳，但他相信儿子是不会受新教影响的。儿子有志气，会替部族争气。可是话虽这么说，查格有时候对

---

① 指的是聘礼，按吉库尤部族的习惯，男方向女方家一般都是送牛和羊作为聘礼。

儿子不免也不太放心；人是会变的，儿子会不会给部族丢脸呢？他会不会不听先知的预言呢？每当想起这些，查格心里就感到茫然。后来，孩子放假回家，他对孩子虽然言语不多，但他没有发现孩子身上有什么使他担忧的变化时，脸上还是露出了满意的笑容。

查格觉得自己的青春年华已经一去不复返，虽然还未老态龙钟，但已日见衰老，往后的日子已经不多了。因此，他将全部希望寄托在儿子身上，儿子就像他的心肝和生命。他怕儿子误入迷途，因此他常常坐卧不安。

查格一方面强烈反对白人，一方面却将孩子送到白人办的西里安纳教会中心去学习。这种做法，在他这个具有地道吉库尤精神的人看来，并没有什么矛盾，相反地，他却认为孩子在那里学习没有什么坏处，过去，他曾多次劝告村里人，要他们武装起来对付白人，但人们拒绝这样做。现在要开始武装，恐怕为时太晚了。然而天无绝人之路，对付白人还会有别的方法，就像他教孩子的那样，对付白人最好的方法还是斗智。再则，预言还在起作用，如果按照预言去做，那么部族一定会有希望。

因此，查格满怀希望地等待着。他越留意孩子的举动、脾气和性格，孩子就越成了他生活中的全部寄托。如果预言不能在他自己身上实现，那么还有儿子。孩子将预言变成现实，难道不一样吗？救世主终究会诞生在山里。这样一来，瓦伊亚吉便成了曾经预言黑人弥赛亚 ① 将在山里诞生的伟大先知的后代。瓦伊亚吉在西里安纳学习很出色，早已举行过再生礼。在这个季节里，他就要举行割礼了，这就意味着他就要成为一个成熟的男人，能更好地利用从白人那里学到的知识为部族服务。查格临终前的唯一希望是能亲眼看到孩子举行割礼；看到他所开创的——不，是很久以前穆戈开创的——事业后继有人。因为行过割礼的人要比未行割礼的青年人更成熟、更可靠，更令人放心。

村里的人正在忙着为举行割礼准备供品。各处参加割礼的年轻人已经聚在一起，成群结队地走家串户，唱着欢快的歌曲，跳着传统的舞蹈，就像德米 ② 当年在山里跳的舞那样。

瓦伊亚吉也在这些快乐的年轻人之中。他身强力壮，腰粗膀圆，已经长成一个英俊的青年。他对唱歌跳舞没有太浓厚的兴趣。这主要是他不常在村里，不像其他年轻人那样能歌善舞。他在举行再生礼以后不久就到西里安纳去了，在那里一住就是几年，虽然假期也常回家看看，但都是来去匆匆。不止一

① 救世主之意。
② 传说中的部族的先知和先驱。

次，由于爸爸对他的年龄不在意，他感到不安。他有时还下意识地觉得，他那依然又细又尖的声音与他自己的年龄很不相称。瓦伊亚吉常常推测爸爸送他去西里安纳学习的真正原因。随着时光的流逝，他当年的理想已经在他的脑海中慢慢淡漠了，他甚至开始怀疑它的真实性。他认为那只不过是一种不切实际的、毫无意义的幻想，是老年人的一种梦幻。他学习很用功，现在他已经开始在西里安纳中学念高中了，这就使他有机会接触来自肯尼亚各地的年轻人。

　　瓦伊亚吉离开了村里，就无形中远离了部族中的一切。尽管如此，他还是经常盼望有一天能和年轻的伙伴们一起参加割礼。因为他知道，他迟早要行割礼的，这是他爸爸有生之年他的唯一期望。他不想使爸爸失望。然而，与其说是他不愿意违背爸爸的意愿，倒不如说是他自己有强烈的愿望更合适些，他热切期待割礼日子的到来。他血气方刚，正是这种真正的男性气质促使他一定要参加割礼仪式。他认为，利文斯敦极力反对和抵制当地的传统习惯，是由于他的知识太多，过于圣洁而头脑发昏。像利文斯敦这样的人，不理解，甚至永远不会理解部族传统习惯的真正含义。

　　浑厚的击鼓声、清脆的脚铃声和男男女女的欢呼声响彻山村的每个角落，好像在有意唤醒昏昏欲睡的人们。今夜是举行割礼的前夕，村中的气氛更加热烈，跳舞更加起劲，歌声更加高亢清脆、委婉动人。

瓦伊亚吉的心久久不能平静。自从那次难忘的圣林之行以后，他再也不去想那些使人心惊胆战的事情了，那时发生的一切就像梦那样过去了。只有今天的事情才是实实在在的。瓦伊亚吉一直在反复思考："这一切会是真的吗？她为什么也这样做呢？"他真想能找到她，从她口中得到答案。穆索妮叛教的消息不胫而走，很快就在山区中传开了。人们都在低声地谈论她。瓦伊亚吉前天还见过穆索妮，那是在一次庆祝割礼的舞会上见到她的。当一个青年从背后捏了他一下，并让他看人群中一位正在扭动臀部跳舞的姑娘时，他真不敢相信这位姑娘会是她。

"她是穆索妮。"

"哪一个？"

"约苏亚的女儿，没错。"

"约苏亚的女儿！约苏亚的女儿！"

真是不敢想象！他们从小就认识。他还隐约记得他、基奴西阿，还有卡马乌，和她开玩笑，冷不防吓得她又哭又叫的情景。他们还常常喜欢在霍尼亚河畔捉迷藏，在草丛中你追我赶。有一次，妈妈发现了他们，他还挨了妈妈一顿打。幸亏妈妈没有将这件事声张出去，因此查格和约苏亚一直不知道。后来回想起来，瓦伊亚吉就常常感到脸红，总觉得对女孩子不应该那样放肆。

看见眼前的穆索妮，他不禁想起了约苏亚。瓦伊亚吉曾在马库尤和西里安纳见过约苏亚几次，后来还听人说过约苏亚是如何对宗教信仰坚定、始终如一，宗教信仰就是他生活中的一切，等等。既然如此，那么他怎么会允许女儿穆索妮到这种场合来呢？也许她是从家里逃出来的吧。据较早成立教会的远方的青年说，许多姑娘都这样干过。这天夜里，瓦伊亚吉还特意向基奴西阿打听穆索妮的情况。基奴西阿也将参加割礼。

"你吓了我一跳，"基奴西阿开玩笑说，"你没听说她是从家里逃出来的吗？"

穆索妮的行为实际上是对父权的一种挑战，瓦伊亚吉对此感到惊讶，要是他自己，肯定不敢如此大胆地造查格的反，甚至他连想也没想过要造什么人的反。

现在他已知道，穆索妮是逃出家门的，为了实现她的意愿逃到卡梅奴姑妈家去了。邻近一些村子的人都不敢相信这是真的，他们私下议论说，穆索妮这样做是约苏亚同意的，可能是约苏亚为了安抚正在为山村的野蛮行为而发怒的神灵。不是有人说约苏亚偷偷地喝过酒吗？尽管没有人亲眼见过，但人们相信他一定喝过酒。

在卡梅奴露天广场上，村民们吹吹打打，有的吹笛子，有的吹号角，有的敲打铁桶，一切能够当作乐器的东西都利用起来了。男女老少欣喜若狂，随着刚劲浑厚的奏乐声，翩翩起舞。男人们围成一圈狂跳，嘴里不断高喊，有时还狂热地大笑，似乎想把全部激情溶化在今天的狂欢之中。妇女更是得意忘形，围着熊熊的篝火，扭动腰肢和下身，表演各种优美的舞姿。歌舞到了高潮时，她们脱去上衣，一对对高耸的乳房随着她们的舞步在胸前跳动，使人心花怒放、羡慕不已。

在今天的良宵美景中，成年人与男女青年们欢聚一起，自由自在，随心所欲地唱呀跳呀。还不时彼此指点，议论各自遮着的身体下部。他们无拘无束，没有人认为这会触犯支配着人与人之间，尤其是老人与青年、男人与女人之间关系的社会法规。

瓦伊亚吉并不像其他人那样轻松愉快，他隐约觉得有一种无形的力量在劝阻他离开这种狂欢的场面。难道是因为穆索妮也在场吗？瓦伊亚吉琢磨，如果利文斯敦这时见到他，或者见到这种由于人们内心世界的解放而表现出来的粗野行为，他会说什么呢？至于那些男女不断说着各自的下部，满嘴脏话，瓦伊亚吉更觉不堪入耳，无地自容。这大概是因为平时随意提及别人身体的下部是不允许的，这在部族中是一种禁忌。当然，瓦伊亚吉心里也清楚，说了这些脏话也不至于发生不光彩的事，但这毕竟是一种禁忌，尤其对妇女们更不应该这样。

穆索妮突然出场了。气氛顿时更加热烈，歌声变得更加响亮，舞跳得也更欢了。在人们的心目中，她简直成了奇迹。她是在什么地方学会这一切的呢？站在旁边的瓦伊亚吉惊奇地看着她。穆索妮毫无顾虑地跳着，唱着情意绵绵的情歌，表达男女之间的爱情；她尽情地跳着，表演情人之间的各种爱抚动作。西里安纳的教士们如果看到她的这种放荡行为，一定会诅咒她，判她入地狱，叫她永世不得超生。在亮闪闪的篝火映照下，跳着扭摆舞的穆索妮脸上放着异彩，显得更加妩媚动人，使人产生一种难以抑制的奇异欲望。瓦伊亚吉呆若木鸡地望着她，他的脑海中突然产生了一种念头，这种念头在不断地折磨他的心，使他难以解脱。

有人走过来拉瓦伊亚吉去跳舞。他是基奴西阿。"跳吧！"姑娘一齐拥了过来，将他推到人群中去，然后围着他边唱边扭动全身关节跳了起来。心中的念头使瓦伊亚吉情思缠绵，心神恍惚，对跳舞毫无兴趣，他就心不在焉地跟着她们开始移动脚步。忽然，他听到有人在什么地方叫了他一声，紧接着歌声四起，歌声中有人赞扬他，有人则嘲笑他。击鼓的、唱歌的一起用高亢的歌声不断地提着他的名字。

狂欢再次进入高潮。这时，他突然觉得有什么东西刺激他的神经，他全身哆嗦了两下，飘然地移动双脚，随着鼓声轻快地跳了起来。他自己也说不清楚，刹那间哪来的一种愿望和热情。他顿觉自由了，忘记了周围的一切，沉醉在狂欢之中。与此同时，他觉得心中燃烧着一团火，不断地产生各种欲望。

有人递给他一个号角。他接过号角，一边吹，一边扭动着身体狂跳，表演各种使人发笑和令人惊讶的舞蹈动作，周围的人也跟着他跳了起来。这时他才体会到穆索妮的秘密，其实这一切不需要到什么地方去学。它需要的只是忘记一切，完全置身于如痴如醉的歌舞世界之中。不知道什么时候，他突然发现他正在和穆索妮面对面跳舞。原来，他们两个人都被人推到欢乐的人群之中了。

瓦伊亚吉感到穆索妮紧紧地拉着他，不是用手，而是用她心中潜在的一种东西，是什么东西呢？他也说不清楚。也许是她的笑声。他感到穆索妮的笑声带有一种神奇的魔力，不断地冲击着他的心，激发着他去探索周围的一切秘密。然而穆索妮炽烈的目光又意味着什么呢？是不是含着隐痛？瓦伊亚吉开始彷徨起来，他的脸转了过去，有意避开穆索妮的目光。他的目光所至，发现妈妈正站在旁边瞧着他们。瓦伊亚吉无意间又回头看了穆索妮一眼，骤然发现她身上的魔力已经荡然无存。他自己则孤孤单单地站在人群之外，心里痛苦难忍，脑海不断地翻腾，好像正在和一种虚伪的意识作一场殊死的搏斗。

他猛然朝站在树下的穆索妮跑去，两人面对面站着，沉默无言，两颗心在剧烈地跳动。在树影下，两人继续沉默不语，好像各自正在和魔鬼较量。

"你是叛逆。"瓦伊亚吉心不由衷地脱口而出。

"是又怎么样？"穆索妮趾高气扬地回答说。

"为什么你要这样呢？"

"我怎么样？"

瓦伊亚吉觉得自己太愚蠢、太鲁莽了，他真不该说出这种失去理智的话。他控制自己的感情，极力使自己的心平静下来。

"我——我是说——你逃离家人的事。"他不安地说。穆索妮没有吭声。两人之间又出现一阵难堪的沉默。沉沉的夜色笼罩着周围的一切，朦胧之中，他们谁也看不见谁的表情，只是能隐约听到各自心跳的声音。突然，穆索妮用沉着而又颤抖的声音回答说：

"没有人能理解我，我认为我是基督教徒，我爸爸妈妈也已经信仰新教，我没有背离他们的信仰。尽管如此，我还是要按照部族的习惯，行割礼。我要成为一个完美的女人，我不能像现在那样生活下去。可是我爸爸不允许我这样做，因此我决定离开家。"她越说越激动，以致声音都有点变了。瓦伊亚吉从她的声调中感觉到，她好像已经忘记了他的存在，好像不是在跟他说话，而是对着黑暗说话。"我希望能成为一个真正的女人。爸爸妈妈不也行过割礼吗？他们为什么要反对我这样做呢？我怎能脱离我们部族呢？我怎能看着其他姑娘已在生活道路上迈步前进，而我却落在后头呢？"

穆索妮的话使他惊愕不已，同时又好像给他打开了一个崭新的世界，这个世界在他眼前朦胧若现。

"我要按照部族的习惯使自己成为一个完美的女人，我渴望我的床上有丈夫，更希望家里有孩子。"她的一席话好像将他带进了一个斑驳迷离的梦境，使他飘飘然不知所措。他仿佛记得很久以前他也做过类似的梦，但此时这个梦异乎寻常。穆索妮的话在他心里不断激荡："是的——我要按照部族的习惯使自己成为一个完美的女人……"

穆索妮带着梦幻和黑暗离去了。瓦伊亚吉依然呆呆地立在那里。他觉得全身麻木，头晕目眩。慢慢地，他感到自己已从沉沉的睡梦中清醒过来。他神情不安地回到人群之中。他心里明白，人们再也不会拉他跳舞了，因为他的心已经离他们很远。这天夜里，他辗转反侧，思绪万千，久久不能入睡。他觉得生活上似乎缺了什么东西，这种东西就在他跟前，而他却欲取不得。

第十章

浓雾笼罩着卡梅奴、马库尤和周围大大小小的山梁，迷迷茫茫，寒气袭人。霍尼亚河静静地流着，怡然自得，蔑视这茫茫大雾。

河水是冰冷的。清晨，瓦伊亚吉来到了河边，赤身露体地坐了下来，冰冷的河水泼在身上，就像锐利的尖刀割着皮肉那样刺心的疼。他全身发抖，肌肉紧缩，神经麻木，握得紧紧的双手放在膝上，一个个指关节突出，好像浮肿一样。生殖器龟缩成一小团，使他简直不敢相信这会是他自己的。然而，瓦伊亚吉心里却感到欣慰，因为他再也不感到孤单了，河两旁坐满了许多等待巫师行割礼的青年。

瓦伊亚吉日夜盼望的这一天终于到来了，这是证实他是不是一个真正的男人的关键时刻。可是这时他却变得有些胆怯了，竭力控制着自己，不让其他年轻人看出他的表情。他怔怔地望着远方，但却什么也没看见。当一把锋利的刀触及他的肉体时，他头脑嗡的一声，顿觉疼痛难忍。巫师熟练地完成了割礼手术，血从伤口不住地往下滴，染红了地下的泥土。瓦伊亚吉觉得，从现在开始，他已经和这里的土地紧紧地连在一起了，因为他已经在部族的传统习惯中将自己的血作为供品献给了这里的土地。周围站满了向他祝贺的妇女们，她们高声欢呼歌唱，赞颂他用勇敢的行为证实了他是名副其实的查格的好男儿、真正的勇士。

巫师离开以后，瓦伊亚吉依然默默地坐着。动过手术的地方用一条白皮条裹着，一切都顺利地过去了。但是伤口还一阵阵隐隐作痛，一直痛到心的深处。穆索妮现在怎么样了？瓦伊亚吉沉思着。他想，如果他是穆索妮，就绝不会自找这种痛苦。可是，他又为自己突然有这种想法而感到内疚。他是部族里的人，因此就应该遵循部族中的一切风俗习惯，亲身体验山里人的一切秘密。

孩提时代的生活就像万花筒一般在脑海里匆匆映现，匆匆变幻，交叉复叠。他追忆着难忘的学校生活，还想起了利文斯敦，如果利文斯敦现在看到他赤裸裸地坐在河边，手里扶着用白布条裹着的生殖器，血不断地顺着手指一直往下流的情景，他会怎么想呢？瓦伊亚吉想道，利文斯敦看着他惊骇不已的样子，一定会放声大笑……啊—啊—啊……麻木的感觉消失了，皮肤已恢复了活力……痛苦在折磨着他……他走不动。那是进入奇迹般山区的大门……那天查格带他到那片圣洁的丛林时的情景又清晰地浮现在眼前，可是接着又慢慢变得朦朦胧胧了……太新奇了……爸爸怎能预见未来呢？瓦伊亚吉真的了解他吗？可能有一种东西使查格能脱离风俗。其实，利文斯敦也像查格那样生活着，只不过是站在不同的角度上，以另一种方式生活着而已……不……他以这两者之间的生活方式生活着……又痛了，身上就像被虫咬一样……啊，又一阵……他心里暗暗嘱咐自己，坚强一些，像钢一样。瓦伊亚吉，忍耐……沉着……

欢呼声夹杂着低沉的呻吟声，妇女们为青年们高唱着赞歌。仪式结束了，坚强的、完美无缺的新一代在赞歌声中诞生了。

离村子不远的地方有一座不大的房屋，这是为行割礼的青年们准备的一所医院。屋里的地板硬邦邦的，高低不平，铺在地上的一层薄草和香蕉叶就是青年们的床。两天以后，瓦伊亚吉的伤口开始发炎化脓，他惶恐不安，开始怀疑伤口能否愈合，而他也许就此永远丧失生殖能力！其他的青年也和他一样，整天坐卧不安。护理人员来看他们，按着他们红肿的伤口时，有些人甚至痛得大哭大叫。屋里有许多好吃的东西，但谁还有食欲呢？后来，护理人员恐吓他们说，如果不吃饭，就要割掉他们下面的整个"东西"时,他们才胡乱地吃了一点。有一件事使他们更为难堪:有一天,一位妇女被带到屋里来,一位护理员当着青年的面和她做爱。当时,一个个青年惶恐万状,不知所措,而护理员们却放声大笑。青年们受到这种刺激,尤其是下部受到这样的刺激,是多么难受啊。只有当护理员和他们谈到男人和男人的秘密时,他们的心才觉得轻松了些。虽说这是成年教育的方法之一,也是不可缺少的内容,可是开始时,这种方法和内容简直使瓦伊亚吉无法忍受。几天过后,当他的伤势开始好转时,他才慢慢地适应了,而且往往听得津津有味。因为他觉得从这里可以学到许多有用的东西。

"他们都走了?"

"是的,都回去了。我们真高兴,这些年轻人真替我们山里争气。"查格洋洋得意地说。从他说话的声音,可以感到他心里很自豪。其实他是完全有理由感到自豪的,由于他儿子的勇敢行为,他每到一处都有人向他表示祝贺。人们感到惊讶的是,白人的教育竟然丝毫没有削弱他的意志,以致他能在部族如此严峻的考验面前泰然自若,毫无惧色。

"姑娘们呢?"一位来自加沙恩约的老人问道。

"所有……都……"查格说话吞吞吐吐，欲言又止。

"怎么啦？"老人惊奇地问。

"只有一位姑娘……她的情况不太好。"

"谁？"

"穆索妮。"

"约苏亚的女儿？嗯，听说过她。真不好理解！"

"是出人意料。"查格点了点头，陷入沉思。

太阳在橘黄色的天空中升起，热气腾腾。老人们坐在树荫底下聊天。

"确实，这是很难以理解的事。"查格重复说。

"其他姑娘伤口已愈合，都各自回家了。"

"她呢？她留在……"

"啊，不，她住在姑妈那里，听说她不但没有好，伤势反而越来越重了。"

"他爸爸诅咒的结果。"

"也许是这样。"

"这些基督教徒不会有太好的结果的。"一位老人感慨万分地摇着头说。

"我经常说家里不要吵吵闹闹，这就是他们吵闹的恶果。如果约苏亚不将自己出卖给那些白人，这件事本来是不会有问题的。供上一只完整的黑公羊，放在穆古莫树下作为祭品，这样很简单，一切也就会平安无事了。这有什么难的呢？"

"是呀，但他却偏不愿意。他变得很固执，我听说这是因为有白人替他撑腰。"老人拿起拐杖站了起来，突然打了两下喷嚏。他用手擦了擦鼻子说："好了，天还没黑，我该走了。"

"慢走，山里自古以来怪事多，路上要留心。"

"你们聊吧，我走了。"

老人走了。查格目送着他消失在视野之中。然后，他站了起来，放眼远望，透过丛林边缘的开阔地，隐约可以看到大大小小的房舍不规则地分布在对面的山坡上，还可以看见约苏亚家的屋顶。查格长长地叹了一口气，自言自语地说："不妙，不妙。"他边说边撑着拐杖，步履艰难地朝家里走去。使他放心和满意的是，现在瓦伊亚吉已经成为一个真正的男人。然而一想到整个国家，他却有点放心不下。

瓦伊亚吉神情严肃地看着穆索妮：她呼吸急促。自从其他姑娘伤愈离开这里以后，又一个星期过去了。但她的伤口依然不见好转。瓦伊亚吉是特意来看她的。

"你感觉怎么样？"他不自然地问。

"还好。"穆索妮艰难地回答说。多日来痛苦的折磨使她变得形容消瘦，脸色憔悴。但她以巨大的毅力忍耐着。瓦伊亚吉暗暗佩服她那惊人的意志。他们彼此简单地说了几句话以后，穆索妮把脸转到一边，用恳求的语气低声说："我希望妮娅姆布拉能来看我。"这仅仅是她的一种愿望，丝毫没有埋怨之意。这种愿望如能得到满足，她的心一定会感到满足的。

"她为什么还没有来？"

"我想大概爸爸不让她来。"

"他太冷酷无情了。"瓦伊亚吉埋怨他说。

"因为我没有听他的话，选择了自己的路。还有，他们要我回家时，我没有回去。"

瓦伊亚吉环视屋里：昏暗的墙，四周残破不堪，屋顶布满了烟灰。站在屋里，会有一种危屋即倾之感。穆索妮躺着的床是用竹子拼起来的，又窄又短，紧靠着门，床上盖的东西是草、破麻袋片和香蕉叶。难道这是对这种背逆行为的惩罚吗？每个人走自己的路，难道都要受到这种惩罚吗？瓦伊亚吉眉头紧皱，不断地思索。

"你妈妈呢？"瓦伊亚吉问。

"她也不可能来，爸爸不会让她来的。"她停顿了一会儿，"我也不希望她来，她看到我的这种样子是会哭的，我不想让她难过，这一切由我自己承担好了。"

瓦伊亚吉离开了穆索妮。他决定去找妮娅姆布拉。就在当天，他来到了马库尤，在约苏亚房屋周围徘徊，希望能够见到妮娅姆布拉。穆索妮身上蕴藏着一种什么东西，这种东西使瓦伊亚吉产生了同情，甚至敬慕的心理。他自己会不会有这种造反精神呢？瓦伊亚吉思考着。他觉得穆索妮最好还是听爸爸的话，不听话可能是错误的。这一天他始终没有见到妮娅姆布拉，就失望了。

第二天早晨，瓦伊亚吉在霍尼亚河边见到了正在打水的妮娅姆布拉。从前他不认识她，但从她和妹妹一样秀气的脸和水灵灵的眼睛，他很快就认出了她。互相问候之后，瓦伊亚吉开门见山地将穆索妮的病情告诉了她。听到这个消息，她神色紧张，难过地掉下了眼泪。瓦伊亚吉不好意思地向她告别，临离开时，他嘱咐她最好不要让穆索妮知道是他来告诉她的。妮娅姆布拉匆忙放下水罐，不顾一切地朝穆索妮住的地方紧步跑去。

从此以后，妮娅姆布拉经常来看穆索妮，为了不让爸爸知道，她常常偷偷地来，和穆索妮在一起坐一会儿，说说笑，替她解解闷，然后又匆匆离去。不止一次，看到穆索妮这种处境，她常常暗自落泪。

"为什么你要这样呢？为什么？"妮娅姆布拉百感交集，心中充满怜悯、爱抚与痛苦。穆索妮强装笑脸回答说："我希望能成为一个完美的女人。总有一天你会明白的。"

"我还是不明白的好，最好……"

"总有一天你自己要作出选择的。"

"哎，穆索妮，为什么你要……"她低声地呜咽，再也说不下去了。

时光一天天从身边流过，穆索妮的伤势日见严重。瓦伊亚吉常常来看望她。她日益消瘦，脸色惨白，只有双眼还闪耀着生命的火花。瓦伊亚吉认为她姑妈给的药不行，必须尽快想别的办法。他决定和妮娅姆布拉一起去找姑妈，见到她，瓦伊亚吉鼓起勇气说：

"看来得送穆索妮上医院去。"

"有什么用呢？"姑妈失望地说。

"西里安纳那边有一所教会医院。"

姑妈一直反对他们的建议。这几天来，妮娅姆布拉一直按捺着心中的怒火，耐心地劝说她，后来又埋怨她，口气也变得越来越强硬，最后姑妈只好让步了。

"谁送她去西里安纳呢？"姑妈问瓦伊亚吉说。瓦伊亚吉沉思了一会儿说："如果没有别人，就让我送她去吧，我会找别人帮忙的，虽然路途遥远，但这条路我熟悉。"

"那么，明天你就来吧。"

穆索妮病情越来越严重，她神志昏迷，开始说胡话，又哭又闹，常常喊叫说："现在我已经是完美的女人了！"

就在送穆索妮上西里安纳那天，妮娅姆布拉将穆索妮的病情告诉了妈妈米莉阿姆。本来她已和穆索妮商量好不告诉妈妈的。可是事到如今，情况如此严重，只好这样了。米莉阿姆老泪纵横，哭叫着："为什么你不早告诉我？穆索妮，啊，我可怜的女儿！"

第十一章

　　瓦伊亚吉像醉汉那样拖着疲惫的双脚，蹒跚地从烟雾弥漫的屋里走了出来。这是穆索妮的姑妈恩杰莉家。她家没有男人，丈夫在几年前的一场暴病中离开了人世。现在她已到了中年，生活中的一切对她来说已经失去了吸引力。她没有孩子，大概因为太孤寂了，她常常喜欢青年和小孩们到她家来玩。后来穆索妮逃到这里和她住在一起，她那颗寂寥的心才开始得到了一点宽慰。

　　但是生活本身对她总是那样无情，穆索妮又溘然离她而去。当瓦伊亚吉沿着山间小道毫无目的地往前走着时，心里想道，恩杰莉以后怎么办呢？她一定会因穆索妮的死而遭到谴责。穆索妮不幸的消息对她犹如晴天霹雳，使她悲痛欲绝，她呆呆地站着，没有眼泪。

　　妮娅姆布拉和妈妈默默地站着，泪如泉涌。她们是来迎接瓦伊亚吉和其他十名送穆索妮上西里安纳的青年的。瓦伊亚吉不敢正面看她们，侧着脸匆匆地将事情的经过说了一遍，然后茫然地离开了她们。这是他们离开卡梅奴的第三天。

瓦伊亚吉没有直接回家，他惆怅地在小道上徘徊。浑圆的落日已经早早地西沉了，晚霞给山里的一切涂上了橘黄色的重彩，周围一片死寂，晚归的牛群无精打采地走着，平时村中快乐天真的儿童们也不见了。每到一处，瓦伊亚吉都觉得穆索妮文静的面容在他面前晃动着。当初，他们将穆索妮送到医院时，利文斯敦和许多白人妇女都在场。经过一段时间的长途跋涉，穆索妮安详地躺着，脸带倦意，但眼里依然闪烁着希望之光，她不太说话，但曾不止一次提到妮娅姆布拉。

瓦伊亚吉知道她对姐姐怀有一种深厚的感情。记得就在妮娅姆布拉第一次去看她的那天，当瓦伊亚吉踏进屋时，见到她们姐妹俩正在争论着什么。

"现在我依然是基督教徒，看，我是我们部族中的基督教徒。我是一个女人，我要在部族中健康地成长。"

瓦伊亚吉走进屋后，她还在不断地说着。可是她哪里知道，她这短暂的一生很快就要结束了。

穆索妮在被送到西里安纳医院后没有几个小时就告别了人世。瓦伊亚吉记得，当她将要到达医院时曾最后对他说："瓦伊亚吉，"她转过脸来看着他，"请你告诉妮娅姆布拉，我见到了耶稣。我已经是部族中一个完美的女人……"

穆索妮的生命之火越濒临熄灭，她越坚信自己的信仰，这种信仰伴着她从马库尤来到卡梅奴，最终带着这种信仰离开了人世。有谁能理解她的想法呢？人们只能无休止地问："为什么她要这样呢……为什么？为什么？"甚至连瓦伊亚吉心里也千百次地重复着这个"为什么"。

整个山区渐渐沉入茫茫的暮霭之中。瓦伊亚吉像一个幽灵，丧魂落魄地在黑暗中徘徊。是不是他自己也处于梦幻之中呢？这就是穆索妮的秘密……她就是为此而离开人世的。瓦伊亚吉回到了新近为他建造的小屋里，点上了灯，躺在床上，然而日夜的魂萦梦绕使他难以入睡，刚一闭眼，"为什么"就总在脑海里浮荡，他真不知道有谁能解答这个问题。

约苏亚听到穆索妮死去的消息时脸部毫无表情，只是在他谈到这是对他的出卖时声音才有点发抖。他没问她是什么时候死的，也没问米莉阿姆是如何知道的。米莉阿姆看到他冷若冰霜、毫无怜悯之心时，泪如泉涌，哭得更加伤心了。

约苏亚认为穆索妮已经将自己的灵魂出卖给了魔鬼，离开了人世，踏进了一个永远被诅咒的世界。罗得①的妻子也干过

---

① 《圣经·旧约》里的故事。

那样的蠢事，结果变成了一块石头、一根盐柱，成了永远不灭的告诫他人的标志。到达新耶路撒冷不是轻而易举的，征途上充满艰难险阻，然而它有无限的吸引力。约苏亚充满胜利的信心，他要一步步朝目标迈进，不见耶稣的十字架绝不回头。穆索妮已经受人诅咒，永远被人遗弃。在人世间受诅咒的东西到了天堂同样要受诅咒，就让它作为那些背叛父母、违抗天规的人的前车之鉴吧。

查格对此一直保持沉默，村里人再也听不到他的声音了，而他再也不向人们提出告诫了，他该做的已经做了。他不是预言迟早会发生这种事情吗？他不是早就说过新的信仰将造成父亲和儿女骨肉分离吗？这一切是对约苏亚的惩罚，是对山里的惩罚，也是对人们的警告，要人们一定要继承山里的一切文明、传统和礼仪。

约苏亚对这些警告听得进去吗？卡波尼听得到穆鲁恩故愤怒的声音吗？查格对此表示怀疑。他担心的是信仰上帝的人们。这样一来两道山梁的人还能和睦相处吗？马库尤和卡梅奴岂不又互相对抗吗？马库尤已成了基督教徒的天下，而卡梅奴却依然是信守部族传统者的故乡，那么，有谁能使两地的人互相谅解、协调一致呢？

穆索妮的死绝不会是一个好预兆，可能会带来一场大争吵。查格对自己的孩子参与这件事很不满意。虽然他对儿子的形象和气质感到满意，可是说实在的，他觉得自己不一定真正了解儿子。他会不会受西里安纳的影响而变坏了呢？他觉得全身关节酸疼，随即在一张三条腿的板凳上坐了下来，眼看着一天又过去了，他抚摸着灰白的头发，轻轻地叹了口气。他琢磨着送儿子上西里安纳教会中心学习的做法是否明智。他查格会不会像约苏亚那样受到惩罚？这和预言有没有内在联系呢？他决定去找朋辈好好聊一聊。

他站了起来，走到门外，瑟瑟晚风迎面吹来，使他直打寒战。老了，他摇了摇头，又长长地叹了口气。他叹息，不是因为自己年老体衰，日子不长了，而是由于那些正在谈论穆索妮之死的人。因为他们谁也说不准在穆索妮死后还会有什么不幸。

在远处的西里安纳，人们对穆索妮的死有另一种不同含义的叹息，她的死无疑将进一步证实吉库尤习俗的野蛮。

教会中心的长老利文斯敦对山里的事常常表现出漫不经心的样子。他热衷的是培养年轻的传教士，然后由这些人到山里去传布福音。他已经年近花甲，脸圆墩墩的，双层下巴胖乎乎的，头已秃顶。他经常戴着软木遮阳帽，很少摘掉，如果把帽子摘下来，那光秃秃的脑袋与长满雀斑的脸、手和脚就会显得很不协调。一旦摘掉帽子，他就会两腿发软，声音变得沙哑含糊，说话时带着"r"的尾音。他精通吉库尤语，在西里安纳传教已经十五年，看来时间不短了。

利文斯敦刚来教会中心时，朝气蓬勃，踌躇满志，充满青春活力，热切期望业有所成。然而，随着时光的流逝，当事实证明成效甚少、事与愿违时，这个满怀希望来到粗野的国度、想通过努力使更多的人接受基督精神的人就彻底失望了。他的召唤和布道也没有产生真正的影响，因为学校和医院的规模虽然扩大了，但人们的兴趣看来只是在于教育，而对基督救世主的信仰却仅仅停留在口头上而已。

愚蠢的传统习惯在这些人的头脑里已经根深蒂固。孩子病了，他们认为这是魔鬼缠身；人死了，常常曝尸荒野，从不埋葬；至于成年仪式更是野蛮至极。教会的人公认利文斯敦是最开明、最有远见的人之一，在他的建议下，传教士们学习当地部族的风俗习惯，以避免重犯过去教士们所犯的错误，他们曾因不了解当地的习俗而与部族的人发生过摩擦和争吵。

因此，利文斯敦曾参加成年仪式的舞会，但他耳闻目睹的一切简直使他毛骨悚然；他耳闻的歌曲，目睹的各种舞蹈和表演，使他确信这些人是彻底下流的野蛮人。当时他真想呕吐。

因此，他决心再也不参加这种下流的舞会了。要拯救这些人，就必须彻底废除割礼。利文斯敦毕竟饱经世故，主张对此要慢慢来，不能操之过急。狂热者向他施加压力，但他依然拒绝任何鲁莽和冒险的行动。可是到了后来，当他发现这种缓慢的方法不能奏效时，他就开始鼓吹采取果断措施。尽管如此，当时战场尚未摆开。最后是不是表明他向压力屈服了呢？他自觉年老、力不从心了，西里安纳还有新来的那些年轻人呢。

穆索妮就这样在割礼——残忍地割除了身体不可缺少的一部分——以后死去了。利文斯敦觉得人们在谴责他，命运在嘲弄他，割礼本身在嘲笑他年老无能。然而他不愿就此罢休，他要向所有的人表明主的精神永远存在于他的心中，只要时刻与主同在，年龄又算什么。作为一个基督教徒就是要与黑暗君主作斗争，只要基督与他同在，基督能使他返老还童。目前主要是用一切手段和割礼进行斗争，对此他可以要求约苏亚和卡波尼助他一臂之力。

有一天，一位妇女来办公室找他，他惊讶地发现她不是别人，正是他的一个最坚决的反对者玛拉莎。

"请原谅，打扰你了，牧师先生。"

"有事吗？"

"你认识那个死去的姑娘吗？"

"瓦伊亚吉和其他青年送来的穆索妮？"

"你不认识她爸爸？"

"嗯……不认识。"

"她是……"

"是谁？"

"是约苏亚的女儿！"她把脸绷得紧紧地盯着他，眼里闪着沮丧和恼怒的神情。然后是一阵沉默。

"哼！"一声低沉的唏嘘，一腔怨恨和满脸的怒气。战场就这样摆开了。

第十二章

穆索妮死后数周内，人们谈论的话题一直没有离开过她，山里还传出许多有关她的神奇故事。有人说她不是因为伤口不愈死去的，而是被教士们毒死的。他们还说，这是一位送穆索妮上医院的青年亲眼看见的。

马库尤的长老们聚在一起，对此发表了一通议论之后，一个个面面相觑，他们心里都明白，新的信仰玷污了山里的一切，惹得穆鲁恩故发怒了。如果不信，就请听听那惊天动地的疾雷吧！看看那划破长空、使人目眩的闪电吧！这时人们想起了查格和他的预言。当初人们要是听他的话，今天白人就不可能来到西里安纳。现在政府当局已经在马库尤邻近的山区里设立了一个办事处，山里人必须向政府缴租纳税已经成了事实。至于查格，严重的胃病使他卧床不起，久治不愈，现在已经生命垂危，奄奄一息了。面对这种现实，山里的人怎么办呢？要采取行动现在已经晚了。更令人不安的是，基督教徒的力量越来越大，以约苏亚和卡波尼为首的教徒们已经将马库尤作为他们的大本营。可是长老们却认为这没有什么关系，因为穆索妮的死已经说明，与新的信仰有关联的任何人都不会有好下场的。查格的儿子情况如何呢？长老们对他有些放心不下，尽管查格近来再也不让他与西里安纳的人来往了。

约苏亚和其他信徒们也聚集在一起，他们诵《圣经》，唱圣歌，赞美上帝。他们认为穆索妮的罪恶灵魂已受到惩罚，因而其他固守部族传统的人也绝不会有好下场的。约苏亚脸部镇静，又充满了自信的神情。他曾经去过西里安纳，将当前的局势向利文斯敦一五一十地作了汇报，尔后还从利文斯敦那里带回新的旨意，说今后凡是参加任何形式割礼活动的人，一律不准信基督教，永远不能成为基督教徒。约苏亚带来的这把火增强了信徒们的信心和希望，西里安纳和其他地方的白人都在背后为他们撑腰，他们有一个共同的信仰——上帝。

瓦伊亚吉再也没有回到西里安纳。父亲病重，危在旦夕，他一步也离不开。他忧心忡忡地日夜守护着父亲。这个家如果没有父亲，简直不可想象。他该怎么办呢？山里的人又怎么办呢？他双眉紧锁，怔怔地看着父亲那张毫无血色的脸。此时此刻，他突然觉得父亲在他面前是那样的陌生。回忆往昔，在和父亲相处的日日夜夜里，他曾不止一次有过这种朦胧的感觉，尽管有时父亲就站在他跟前，近在咫尺，但他却觉得父亲似乎远在天边。什么东西使他对父亲有这种陌生的感觉呢？是他那颗热爱部族的心吗？是老人日日夜夜、时时刻刻萦回在脑际中的梦想吗？瓦伊亚吉一直没有忘记他孩提时代时的一天，那一天查格向他敞开了宽阔的胸怀，将灵魂深处的一切毫无保留地告诉了他，也就是从那一天开始，他觉得自己对父亲有了更深的了解。在他的记忆中，这是绝无仅有的一次。从那以后，查格就再也没有那样做过。使他奇怪的是，多少年过去了，许多记忆就像蓝色的远山渐渐地沉入茫茫暮霭之中，唯有那一天所发生的一切使他难以忘怀。

传教士的到来会不会加深马库尤和卡梅奴的分裂呢？他觉得两道山梁正在怒目相对，傲然而立。在教士的怂恿下，他们会不会自相残杀呢？

使瓦伊亚吉惊奇的是穆索妮的死竟然给山区带来这么大的敌对情绪，这是他从未想到过的。事情本来不大，但在添油加醋以后，就变大了。过去也曾发生过一两个姑娘由于割礼伤口不愈而死的事情，但从来没有像穆索妮的死那样牵动了这么多人的心。

瓦伊亚吉已经看出山里将要发生更大的分裂。他认为利文斯敦那种严格的教规和条条框框甚至还会给教徒们带来分裂，因为他们当中许多人是不会完全放弃部族传统的。

没有多久，不出瓦伊亚吉所料，分裂终于发生了，然而挑起分裂的人倒是出人意料。他不是别人，正是约苏亚平时的至交卡波尼，是他首先带领一大帮追随者另立山头，与约苏亚断绝了往来。约苏亚出自对耶稣的忠诚，不得不将其他信徒组织起来，互相鼓气，重整旗鼓。瓦伊亚吉目睹这种混乱的局势心灰意冷。哪里是他立足的地方呢？他突然觉得对周围的一切太陌生了，他简直成了这块土地上的陌生人。

自从穆索妮死后，查格一直不愿意吃白人的药。有一天，瓦伊亚吉从山外一位朋友处取药归来，带来了一个消息说，西里安纳已公开宣布，凡无视教堂规矩、继续参加割礼活动者，将被开除出西里安纳学校，除非他公开承认割礼是一种犯罪活动。这就意味着，除移民外，任何异教徒的孩子都不允许进入西里安纳学校念书。瓦伊亚吉感到他的学校生活从此结束了。他曾希望念完最后的一学年，但是这种希望现在已成了泡影。他闷闷不乐地朝自己的小屋走去，想静静地单独待一会儿。当他来到家门口时，意外地见到妈妈正站在台阶上哭泣，泪流满面。瓦伊亚吉从未见到妈妈如此伤心过，他惊骇不已，哆嗦地问她：

"怎么啦，妈妈？"

妈妈哭得更伤心了。"到底怎么啦？"他焦急地推了妈妈一下。这时他看到村中的长老们正从爸爸屋里表情严肃地一个一个走出来。他突然意识到事情不妙。他扔掉手中的药，神经质地朝爸爸屋里冲去。他多么希望爸爸还活着，哪怕是最后一秒钟。

第十三章

　　雨不停地下着。滴答！滴答！雨水落在波纹铁皮房顶上，然后顺流而下，到了屋檐便变成了水滴，像赛跑似的争先恐后地不断掉到屋檐下面，形成了一个个整齐的小水坑——宛如一个个小盆、小碗。滴答！又是一大滴晶莹的雨掉下来，落在小水坑里，顿时水花四射，夹杂着泥浆又溅落下来，形成了一个灰黑色的锥体。水滴沿着屋檐不断地往下落，一上一下，蹦蹦跳跳，好像是列队的士兵们在原地踏着方步。然而雨水默默地洗净轻尘，浸濡了芳草，昔日在烈日的暴晒下已变焦黄的小草，在雨水的滋润下已经悄悄地露出了新芽。

　　雨越来越大。滂沱大雨发怒似的倾泻直下，犹如千军万马从天而降，从屋顶上飞流直下的水柱落在屋檐下，迸发出无数的水珠、游丝，漫天飞舞，随风飘荡，如烟似雾，濛濛淞淞，挡人视野。

　　瓦伊亚吉脚踩门槛，手扶门框，倚门站在办公室门口。他凝视着屋外的瓢泼大雨，陷入了沉思。从这里望去，不远处一排兵营似的低矮房子在大雨中若隐若现，在风雨中飘摇。这就是整个校园：一个办公室再加上四间用泥土和茅草建造的简陋的教室。瓦伊亚吉心里明白，这些教室经历过三年的风风雨雨，腐烂了的茅草屋顶怎能抵挡得住这样的大雨，屋里一定滴水成河了。那些求知心切的儿童要付出多大的代价啊！这时，也许他们正颤抖着挤在不漏雨的角落里，幸运一点的孩子也许有一件什么东西挡在头上……

办公室里，卡马乌和基奴西阿老师像往常一样各自坐在桌子的一角上，正在争论什么。这个办公室是他们经常落脚的地方，平时他们开会或者交谈什么事情，甚至争论吵架，常常习惯上这里来。他们高兴时就聊了起来，天南海北，政治、宗教、女人，无所不谈。这间小小的办公室同时也是学校的仓库，靠门的角落里杂乱无章地堆放着各种杂物，这堆杂物从未整齐过，要想让它有条有理绝非易事。

雨依然下个不停。从瓦伊亚吉紧皱的眉毛和发呆的目光中可以看出他在沉思。他想着这所学校，想着这片狮子般沉睡的土地。现在再也不能说它与世隔绝了。自从西里安纳周围的大小山梁被白人分而治之以来，这里已经和吉库尤的其他地方一样了。他父亲曾对他说过，白人的手很长，他们是会伸到山里的每个角落的。现在山里的人为了向白人缴租纳税，已在这块土地上开始为他们干苦力了。

"太不像话了！"基奴西阿愤愤不平地说，"我说白人必须离开这里，从哪里来就回到哪里去，让我们安安宁宁过日子……"他还在继续说着什么，但他的声音被哗哗的雨声淹没了。基奴西阿说出了瓦伊亚吉的心里话。

基奴西阿禀性恬淡，平素温文尔雅。当他生气时，他会不停地眨巴着双眼，眼光变得咄咄逼人。他矮矮的个子，短短的下巴，显得精明能干。他善于辞令，说话时常常挥动手臂，声音激昂，话语带有很强的逻辑性。在政治上，山里人有什么行动，这个办公室里常常就有什么议论。议论多了就慢慢产生了要求变革的愿望，近来，在西里安纳附近白人分治的地区，有许多人被迫离开祖祖辈辈习惯了的土地，移居到其他地方去；有些却不得不留下来为新的主人效劳。因此，这种变革的愿望变得越来越强烈。

西里安纳发布禁令以后，形势进一步恶化，激起了越来越多的人的愤怒，他们认为正当的权利受到了侵犯，山里的人再也不能这样忍耐下去了。人们想起了查格的告诫，心里暗暗谴责自己，为没有早听查格的话而感到遗憾。山里开始出现一个个小小的组织。瓦伊亚吉常常觉得自己与他们紧密相连，他们将他当作领导，经常有人登门向他请教，哪怕是一件小小的事情。然而，使瓦伊亚吉担忧的是约苏亚派和另一派越来越大的分裂。

瓦伊亚吉喜欢基奴西阿，对卡马乌却态度冷漠。卡马乌的父亲卡波尼曾经是约苏亚热心的追随者，后来与约苏亚决裂，成了分裂派的领袖。卡马乌瘦长的个子，有两只闪闪多疑的小眼。瓦伊亚吉厌恶他那种总是眯着眼睛看人的方式。卡马乌也不喜欢瓦伊亚吉。像瓦伊亚吉这样年轻的人一跃而成为领导人以后，常常成为人们嫉妒的对象。同年人心里认为他没有什么了不起，不过如此而已；年纪比他大的人心里都不服，认为比他略胜一筹。卡马乌是一个很讲究时髦的人，头发经常修剪得整整齐齐，然而往往给人一种华而不实、喜欢炫耀自己的感觉。

大雨如注，屋外白茫茫一片。

在沥沥雨声中，办公室里的两个青年依然在不断地争论什么。瓦伊亚吉凝神伫立，神思飞越驰骋在茫茫大雨中的土地上。

"如果你爸爸……。"

"现在不谈我爸爸。"卡马乌打断了他的话说。瓦伊亚吉回头看了基奴西阿一眼。他无意中发现基奴西阿眉头紧皱，满脸怒气。屋里笼罩着紧张的气氛。突然，基奴西阿放声大笑，紧接着卡马乌也不自在地笑了起来。长期以来，他们一直在为他们父亲的事情而无休止地争吵。

"你要冷静些，卡马乌。"瓦伊亚吉突然插话说，说话时夹杂着笑声。几乎是在与此同时，基奴西阿开口说：

"我不过将你爸爸作为一个例子而已。当然啰，如果你不在意的话，我也可以将我爸爸作为一个例子。他是我们一家之长，和其他人一样，比如说卡朗贾或者恩朱古纳，他某一天来我们家做客，我们热情招待了他，甚至还让他住了下来，但是如果说他在我们家里瞧不起我爸爸，想踢开我爸爸，甚至无理地想支配我们家和我们家的财产。你想想他有权利这样做吗？你说呢，瓦伊亚吉？你认为在这种情况下我能听他的吗？如果情况变得越来越严重的话，我就要开始反抗了，我不仅仅要反对他本人的这种做法，而且要反对一切类似的粗暴无理的行为。就说西里安纳教会吧，那些白人——上帝的信徒们是带着慈善的面孔而来的，我们欢迎他们并给了他们一个落脚的地方。可是结果怎么样了呢，现在你们再看看，他们将其他白人也叫来了，而且以德报怨，把我们的土地也强占去了。在马库尤那边设立政府办事处，对我们来说简直就是灾难。它意味着房租……"

他已精疲力尽，心里感到悲痛惆怅，长长地叹了一口气，再也没有往下说了。突然，他一挥手，狠狠地朝桌子猛击一拳，然后抬起头来，环视着四周，好像要开始在集会上做报告一样，脸绷得紧紧的。瓦伊亚吉从未见过基奴西阿像今天这样慷慨激昂，侃侃而谈。那些在西里安纳受过教育的人为什么对事态的发展如此强烈不满？就像爸爸，既将他送到西里安纳教会学校学习，同时又强烈反对西里安纳教会。也许生活本身是复杂的。从基奴西阿的话中，瓦伊亚吉隐约觉得有一种意识暗暗地潜入了他的心里。基奴西阿也许在替沉睡的山区说话，替整个吉库尤国土说话。瓦伊亚吉放弃了种种猜测，心里油然产生了一种强烈的求知欲望。这也许就是对一个怀着热望的民族的回答吧。他默默地想道，心里骤然有了新的想法……

"过来，瓦伊亚吉，向我们介绍介绍吉亚马①的情况吧。"卡马乌的喊声打断了瓦伊亚吉的思路，但他依然目不转睛地看着外边不断下着的大雨。雨为吉祥之兆，人们再也不用担心会发生干旱和饥荒了。大雨之中，万流俱响，一道道小流从四面八方汇集而来，汇成了一条小河，像霍尼亚河，或者像一股洪水，然而这股洪水雨过天晴后就会消失的，唯独霍尼亚河日夜流动不息。

百流汇成的这条小河带着泥沙奔流而去，不断地发出哗哗之声，好像在自言自语，又好像和这里的土地促膝长谈。"这无

---

① 吉亚马是山里人成立的民间组织的名称，旨在维护部族的传统习惯。

疑是诺亚^①的洪水。"瓦伊亚吉暗暗想道。

"我想，吉亚马的成立是为了维护我们部族的纯洁性和人民的传统。"基奴西阿说。

瓦伊亚吉听说过吉亚马，他知道成立吉亚马组织的主意是卡波尼出的。他担心这个组织会给他一个领导职务，借此笼络山里人的心。他对此不感兴趣，他所关心的是教育。也许利文斯敦的话在他心中已经深深地扎下了根，过去利文斯敦在给他们上课时常常说，教育是最有价值的东西，青年们没有必要去关心和参与政事。

倾盆大雨犹如惊涛骇浪倾泻而下，变成了一股巨大的洪流，奔向远方。那是什么？他看见了，看到了眼前发生的一切——

　　　巨流翻卷着泥沙，

　　　侵吞着这里的土地，

　　　偷走了我们的家园。

山洪暴发，如万马奔腾，轰隆隆，震耳欲聋。群山在怒吼，沉睡的狮子已经苏醒，它正在为土地而吼叫。土地是部族的命

---

　　① 《圣经》中洪水后的人类新始祖。

脉。这就是基奴西阿和其他的人对白人的到来而深感不安的原因。他们担心白人会像在吉阿姆布、尼耶里和穆朗加那样一步步占领山里的土地。白人移民和西里安纳的传教士们全是一路货。瓦伊亚吉坚信穆戈·瓦·基比罗的话一定会成为现实，总有一天白人要离开这里。这时，他无形中又联想到爸爸的预言。

瓦伊亚吉突然感到烦恼，这不是因为想到白人，也不是因为基奴西阿，而是眼前这没完没了的雨。雨水无情地带走了土地上的泥土，而且又何止于此，几乎处处都是这样，正是因为这样，有些地方正在变成穷乡僻壤。于是，他觉得自己成了一位欲与大雨决一死战的斗士。无数雨点溅落下来，瞬间变成了污秽和泥淖。他的心慢慢地平静下来，但心里直想发笑。在这种不引人注目的平常的自然现象中，他发现了一个复杂的矛盾。雨落在土地上，同样是雨，它可以给人们带来福音，也可以给人们带来灾难……瓦伊亚吉浮想联翩。

雨过天晴，金黄色的浑圆的落日像一团水彩颜料迅速地溶化，慢慢地渗进西边深蓝色的天际。现在该回家了，整个下午在这烦人的大雨中就这样白白地浪费了，有什么办法呢，以往不是经常这样吗！瓦伊亚吉想去找找村里的长老看看他们对这无雨不漏的屋顶有什么办法。

"我想还是让孩子们回家去吧，"瓦伊亚吉对他们说，"卡马乌，你能不能告诉同学们，让他们明天带锄头或铁锹来？刚下过雨，我们该修修房子了。"

教室的墙必须修补了，泥巴已经脱离，尤其他站着的这边墙，到处是裂缝和大大小小的洞。

铃——用绳子拴起来的一块铁片敲响了。几分钟以后，院子里充满了孩子们的叫喊声，孩子们放学了。

第十四章

瓦伊亚吉创办的这所学校叫玛丽奥索尼，以它不平常的历史闻名全国。这是在与西里安纳决裂之后人民自己创办的第一所学校。兴办学校是瓦伊亚吉多年的夙愿。至今，他自己也不一定说得清楚他的愿望为什么会这样迅速成为现实的。世界上许多事情往往是不以个人意志为转移的。人世荣枯、风雨沉浮终属天命。正是这样，它无形中在加速山里人生活的节奏。连年的丰收；穆索妮之死；西里安纳教令的颁布剥夺了那些坚持割礼者的孩子上学的权利以及由此给山里带来的紧张气氛，这一切是瓦伊亚吉至今记忆犹新的。

父亲的去世几乎使他的思想完全麻木了。他自己也说不清为什么会这样。突如其来的变故使他愕然而不知所措。他总觉得父亲应当活得更长一些，不应该在这个时候离他而去。父亲去世以后，他觉得自己就像一叶迷航的小舟在生活的茫茫大海中飘荡。现实使他不得不单独挑起生活的重担，经受生活的挑战。他突然觉得自己已经真正跨进了成年人的行列。越是在这种时刻，他越认识到教育的意义，越觉得应该有人民自己的学校。但他能做些什么呢？他毕竟太年轻了。严酷的现实表明他永远也不可能再回到西里安纳的学校了。但他觉得现在他必须站出来，为了山里人的教育，他必须有所作为。

兴办教育的初期，瓦伊亚吉采取了各人自助的办法。他认为这是一种推广教育的极好办法。这也是他多年来满腔热情追求的目标。为此，他跋山涉水，奔走于山村中间，睡狮般的土地上处处留下了他的脚印，他见到了有志气、有希望的人民。是的，人民已经开始觉醒，卧狮已不再沉睡。山里的一草一木、飞禽走兽以及他走过的条条小路都熟悉他，知道他将为拯救国家于危亡之中而献身。

人民自己办学校的新鲜事到处涌现，从克利恩亚加到卡贝特①，几乎遍及整个吉库尤土地。

学校在各地的出现就像雨后春笋。人们一个心眼创办学校，常常是就地取材，用草和泥匆匆忙忙地、七手八脚地很快就盖起一间棚屋，在里头布置一点象征性的求知的装饰，这间棚屋便成了一所学校。这种群策群力兴办事业的办法是部族中自古

---

① 肯尼亚地名，吉库尤族聚居的地方之一。

以来的传统，是他们自强自主的表现。

此外，割礼也是部族中一种重要的传统。它将整个部族紧紧地联结在一起；它是部族社会结构的核心；它是人们生活中最有意义的一件事情。失去了这种传统就意味着失去了联结整个部族的核心和精神基础。"捍卫部族，维护部族的纯洁性！"的口号响彻云霄。这是发自人们灵魂深处的呼声，是山里人的共同愿望。

学校挤得水泄不通，每个教室都挤满了求学心切的孩子们。想尽办法从西里安纳找来的老师坐在学生们面前，一双双渴望文化知识的小眼睛紧紧地盯着他们。父母亲们都在热切期待孩子们满载文化和知识归来。每当夕阳西沉，孩子们背着书包、踩着晚霞归来时，父母们的心常常感到无限的自豪，情不自禁地两眶溢出晶莹的泪珠。

"你被打了？好啦，好啦，别哭了！你是学生，他是老师，你懂吗？"

"当然是老师啰，可他打人太狠了。"有人议论说。

"嗯，老师！"

"怎么啦？"

"打得狠点，我们的孩子就能好好学习。"

孩子们带着父母们的热切期望迈进了学校的门，也许孩子们自己也知道他们是部族的希望和光荣。然而在这样的大变革中，村里有些人却依然因循守旧，采取一种不偏不倚的态度。

瓦伊亚吉是玛丽奥索尼学校的校长。他起早贪黑，早出晚归，步行往返于学校和家里，天天如此。但他对此心甘情愿，因为这样使他路上有更多的时间冷静地考虑教学上的一些问题。他信心百倍地想为大家多做点事。然而，穆索妮的死所引起的分裂和敌对却给山村蒙上了一层黯淡的色彩。

人们习惯地称约苏亚为首的基督教徒们为约苏亚派。他们的基地在哪儿呢？在马库尤！可别忘了那里部族的人一直是强烈反对教会和新的信仰的。那么是在卡梅奴！嗯，那里好像就是他们的大本营。后来其他地方或多或少也仿效他们的做法，各自占地为营。因此旧怨依然继续，只是表现形式不同而已。旧怨也好，新仇也好，一切都以山里特有的方式静静地继续和蔓延。那么，瓦伊亚吉这种人站在哪一边呢？他不也受过白人的教育吗？那种教育不也属于新的信仰的内容吗？卡梅奴一派的力量由于卡波尼他们从西里安纳分裂出来而得到加强。瓦伊亚吉觉得自己不属于任何一派，有时候还觉得有点孤寂呢。不过，他感到自豪，他因自己能为唤醒沉睡的狮子般的山里人做点小小的然而重要的工作而感到自豪。与此同时，他心里却有一种朦胧的想法：要是能将对立的两派联合起来就好了。

他常为自己所起的作用太小而感到内疚，他总想大刀阔斧地大干一场，但常常力不从心。问题本身太复杂了，往往与山里人的传统习惯纠缠在一起。

瓦伊亚吉身材魁伟，英俊潇洒。但这并不使人感到惊讶，使人感到惊讶的是他的那双眼睛。他的眼睛具有奇异的力量，能穿过层层阴霾将热情和希望的光辉洒进人们的心房，透过他的眼神能看出他刚强、诚挚，对一切充满希望。正是这种热情激励他埋头苦干。也正是这种热情和意志使他受到山里人的爱戴和尊敬。这大概是因为他的满腔热血已经溶进了他爸爸的精神吧。

太年轻了！这使村里人感到为难。因为按照惯例，村中的大事是不能由年轻人领头干的。

"也许他向白人学到的知识太多了。"有人议论说。

"不！难道你忘了他小的时候吗？"

"是呀，从小时候起他就文静、刚强，有抱负，有志气。"

"这是遗传的，你记得他爸爸吗？"

"怎会忘记呢，他……"

瓦伊亚吉成了山里的骄傲、卡梅奴的自豪。在人们的心目中，他成了一名维护部族传统的坚强卫士。

第十五章

夜，万籁俱寂。明月的清辉透过墙缝洒在地板上，留下了无数星星点点的光斑，屋里的一切模模糊糊，影影绰绰。瓦伊亚吉躺在床上，黑暗中凝视着这寒伧小屋的四壁，久久不能入睡。他多么想找一个人好好聊聊，把自己的愿望和教育上的打算告诉他，商量商量。这个想法一直在他的脑海里翻腾。他曾两次想以成年人的尊严，将自己的想法认真地告诉妈妈，让她出出主意。然而每当他站在妈妈跟前，听到她那柔弱的说话声时，到嘴边的话又咽了回去，言不由衷地说一些其他的事情。奇怪的是，一听到妈妈微微颤抖的声音，他心里就发慌。

愿望和决心日夜伴随着他，在他的脑际不断萦绕。但他自己清楚吗，他的愿望是什么呢？他所向往的又是什么呢？

他不愿意再往下想，但他禁不住翻滚的思潮，只好让思绪的羽翼翱翔。

妹妹是他唯一亲近的人，可她过早地离开了人世。他曾爱过她，如果说那种亲昵能称作爱的话。他想，他还爱山区和山区的人民，可是他们不能代替她。妹妹能给他的东西，他们却不能。这些都是过去的事情了，那时候他还年轻，还未举行过再生礼。唉，为什么突然又想起这些呢，她已经离开了人世，人死了就意味着结束了人世间的一切。人的躯体埋葬后便会化作精灵。那么妹妹是不是也变成精灵了呢？真是一个年轻善良的精灵！这时候她是不是正在注视着他呢？他惊疑地环顾四周，心中感到无限惆怅。

他辗转难眠。他闭上眼睛，缪然默念，睡吧，好好睡一觉。睡吧！静静地躺着，让恼人的思绪悠闲地飘出自己的躯体。然而思潮又像一匹野马从他脑际奔驰而过：白人的到来给人们带来一种令人捉摸不定的、难以言喻的东西，这种东西朝着整个山区长驱直入，现在已进入心脏地带，不断地扩大着它的影响。这种影响造成了山里人的分裂，而穆索妮的死就是这种影响的恶果。她是勇敢地死去了，也许她决心与时局较量，以达到自由的境界。自从她死以后，时局的发展使人感到担忧，表面上人们保持沉默，但实际上在多数人的心里，虔诚和背叛两种意识却在剧烈地互相斗争。像穆索妮那样坚强的人是不多的。瓦伊亚吉常常暗暗问自己究竟属于哪种人，是不是敢于创新、敢于向黑暗挑战的那种人呢？

妹妹和穆索妮的容貌，还有其他许多人的形象在他脑际交叉重叠，扑朔迷离。不一会儿，他觉得他的生活在慢慢地浓缩、变化，最后变成了白亮亮的一片。不久，他觉得眼前出现一片茫茫大雾和沉沉黑夜，他的思绪慢慢消失在无尽的黑夜之中。他静静地躺着，神志恍惚，百无聊赖。

浓雾在慢慢地消失，一切事物又开始恢复原来的轮廓。薄雾中，瓦伊亚吉见到一个形象浮现在他的眼前，他以为它一定会慢慢地消失，所以在默默地等待，但它不仅没有消失，反而越来越清楚地出现在他眼前。他端详了一会儿，发现它原来是一位妇女的形象，但他一时认不出她是谁。

形象转瞬间就消失了。瓦伊亚吉依然毫无睡意。总是这样躺着，凝视沉沉的夜色，又有什么意思呢？他从床上一骨碌爬了起来，匆匆地穿上衣服，心里焦虑不安，那神情就像小伙子匆忙地赶去和情人约会那样。他走出家门，要去马库尤找卡马乌或其他认识的人聊一聊。

幽静的夜，风清月朗，明月的清辉洒满山梁，给山里的一切披上了银装。白天看来平淡无奇的一切，在月光下却变得光怪陆离，神秘莫测。瓦伊亚吉侧耳静听，周围一片宁静。当他顺着小道穿过丛林时，宁静伴随着银色的月光，它好像带着生命的节奏，蕴藏着巨大的力量。瓦伊亚吉多么希望能与妹妹或父亲的灵魂相逢，哪怕是短暂的一瞬间。他沉默着，让心神慢慢宁静下来。但是不一会儿，心中又突然产生了一种强烈的愿望，他必须马上去找一个人好好聊聊。他在小道上漫步行进，明月把耀眼的银光洒在地上，他脚下踩着乱银碎玉，抬头望着当空的皓月，多么美的月夜！他突然伸开双臂，高高举起，想将明月紧紧抱在怀里，倾听它那平静的、令人心醉的呼吸声。因为他知道明月对他是多么温柔。他全身的肌肉都紧紧地绷着，处于极端兴奋之中。

他的心绪又开始如大海的波涛，汹涌澎湃。那种强烈的愿望在脑海中翻腾，思绪东闯西撞，头好像要裂开似的。愿望，无尽的愿望。这难道就是生活的全部含义？难道就没有满足的时候？奇异的欲望如此纠缠不休，这样生活下去不就像一头凶恶的野兽穷追猎物不舍吗？瓦伊亚吉不知道，也许别人也不知道，就是在这种生活之中，他正在为部族的人民无私地献出自己的一切。长期以来，为着部族的利益，他节衣缩食，含辛茹苦。随着时光的流逝，他的信心越来越坚定，愿望越来越强烈。

瓦伊亚吉顿觉心明眼亮，他明白了，他那强烈的愿望，日夜追求的目标不是别的，是自由。他欣喜若狂，他要像一匹骏马奔腾驰骋，跑遍祖国的山山水水，每个角落。他要像一个幽灵自由自在地到处游荡。他将拥有一切——所有美丽的鲜花和一切丛林树木；或者他将脚踩祥云，乘风飞去，飞进那月宫里的琼楼玉宇。他觉得这完全是有可能的。他无限深情地举头望着高高的天宇，望着明镜般的月亮，心在剧烈地跳动。然而，事实上，他不能跑，也不能飞。

他一直往前走着，不知不觉已来到了霍尼亚河畔，清清的河水静静地流着，蓝天在水中荡漾，明月把耀眼的光辉洒在河面上，好像满河碎银。草丛中的蟋蟀在欢快地鸣叫，闪着银光的河水好像轻轻地流过他的心，清新的空气沁人肺腑，他顿觉心旷神怡。他淌过了河，爬过一个小小的山坡，沿着羊肠小道，朝约苏亚居住的村庄所在地——马库尤走去。使他感到惊讶的是，命运似乎已将他、卡马乌和基奴西阿紧密地联结在一起了。小时候，他们常在一起放牧；长大了他们又在西里安纳同窗求学。后来，只是在瓦伊亚吉行割礼时，他们才暂时分开了。卡马乌在与西里安纳决裂后不久，也举行了成年仪式。现在，开办玛丽奥索尼学校，又使他们走到一起了。每当瓦伊亚吉忆起三人当年同舟共济的学习生活，心里就顿然有一种格外亲切的感觉。

"喂！"他闻声抬头，猛然发现他几乎和一位妇女撞个满怀。他停住了脚步，目瞪口呆地站着。妮娅姆布拉站在他跟前，惊奇地看着他。

"啊，原来是你？"他打破沉默，惊愕地问她。

"真没想到是你。"她局促不安地说，然后侧脸望着背后的不远处说："请原谅，我几乎已经忘记了你。"

瓦伊亚吉很少见到妮娅姆布拉，因此偶尔相遇，彼此就像陌生人那样。瓦伊亚吉想起了有一次见到她的情景：那天她背着一个大葫芦，刚打完水，从霍尼亚河边往家走去。瓦伊亚吉远远看见了她，就在一块坡地上坐了下来，他知道她一定会从这里经过。可是等到她快走到跟前时，他又突然不好意思了，纵身跳进草丛里藏起来，怯生生地目送着她背着水逐渐远去，最后消失在视野之中，心里才开始平静下来。这是很久以前的事了。从此，瓦伊亚吉就再也不去想她了。可是今天的突然相遇，使他那平静的心又开始出现了涟漪。

妮娅姆布拉对父亲依然怀着一种惧怕心理。她知道，如果父亲这时看到她站在这里，一定会生气的。穆索妮的死使她失去了唯一的知心，现在她每天形单影只，一个人孤零零地到河里打水，一个人孤孤单单地上教堂。寂寞之中，她也想在村中找一两个女伴，交交朋友，但她始终找不到一个能和穆索妮相比的人。想起旧日和穆索妮形影不离、情同手足的情景，心如刀剜，泪水不禁夺眶而出。有时候，她一个人跑到霍尼亚河边，凝视着静静流淌的河水，让满腹愁思随无情的河水东流而去，末了，她才能心情平静地回到家里。这条河已经成了她最亲密的伙伴，尤其在星期天，她常常一个人在河畔流连忘返。平素她虽然对父亲话出必从，但她觉得对父亲已经越来越疏远。有时她也想，穆索妮的过错在于不听父亲的话，但她同时却认为穆索妮的死，父亲有不可推卸的责任。尽管她依然认为割礼是一种罪过，但她却觉得穆索妮的死并不是上帝的惩罚，因为妹妹没有罪。

"请你告诉妮娅姆布拉，我见到了耶稣。"她一直没有忘记妹妹的这句话。对此她无限感激瓦伊亚吉。因而，她常常想起他。她不理解，为什么他在西里安纳受过教育，但又带领一部分人脱离西里安纳。现在他不就因为创办了学校而远近闻名了吗？她觉得他傲气十足。否则每次相遇，他为什么从不停步和她说说话呢？也许他也怕约苏亚。不过说不说话也无所谓，她觉得对他无所求。尽管如此，她每次和他相遇，还是想对妹妹的死和他聊一聊。因为她知道他是妹妹生前最亲近的人，一见到他，她就很自然地想起妹妹的一切。有时候她甚至还暗暗祝愿瓦伊亚吉能和她在一起，哪怕在一起站一会儿也好。他年轻有为，见多识广。对于周围见到的一切，她多么想找他好好聊聊。她很难有机会见到他，每次偶然相遇，她总是希望他能先开口说点什么，然后她就可以借机和他谈谈，但每回总是在互相问候之后，他就匆匆地离开了。真是一个怪人！可是有时候她也想，是不是因为她是约苏亚的女儿，所以瓦伊亚吉不愿意和她说话呢？

妮娅姆布拉又一次侧着头朝家里的方向望去。正当她考虑停步还是继续往前走时，瓦伊亚吉开口了：

"我去找卡马乌。"

停了一会儿，他又接着说：

"我父亲让我去告诉卡马乌，让他今晚到我家去。"

一阵短暂的沉默。两人面面相觑，各自微笑。瓦伊亚吉的心在激烈地跳动。

"我们可以一起走一走。"他提议说。

他们慢慢往前走着，各自沉思默想。瓦伊亚吉忸怩不安，以致不知道该说什么才好。眼前的这位姑娘以前与他素不相识，由于穆索妮他才认识了她，那时候年纪还小。现在，在如水的月光下，他发觉她已经长大了，已变成了一位亭亭玉立、容貌秀丽的姑娘。

"你要到那儿去干什么？"她打破沉默，突然问道。

瓦伊亚吉暗暗想道：是呀，我去干什么呢？他突然觉得没有必要去找卡马乌，起码现在没有必要。可是又想，如果这时有人看到他俩在一起散步，会说什么呢？明月当空，将大地照得如同白昼。他们沐浴着明月的清辉漫步在小道上。妮娅姆布拉没有行过割礼，但这不能算是罪过。他们中间虽然都有过不幸，但在宗教、社交和部族的传统方面，他们都是洁白无瑕的。

"仅仅是想去看看卡马乌和他们一家吗？"妮娅姆布拉说话有些激动，好像有点生气了。她想，瓦伊亚吉要找卡马乌是一个借口，其实是要找卡波尼。

他们慢慢地走着，不觉来到了岔路口。他们该分手了，可又各自默默地站着，谁也不愿离开，好像有那么一种外在的因素——也许就是神秘的月光，紧紧地牵动着他们的心，使他们舍不得离去。在这如痴如醉的月夜，瓦伊亚吉真想脚踩银光尽情起舞。他的心跳得更厉害了，好像要跳出来勇敢地驱散人世间的黑暗。妮娅姆布拉静静地伫立着，月光之下，好像一尊妩媚、娴静的美人雕像。

突然，瓦伊亚吉的心灵深处爆发出一种强烈的欲望，他多么想拉拉她的手或者轻轻地抚摸一下她那乌黑的秀发。他极力控制着自己，此时有一种奇异的情思悄悄地潜入他的心底。

"你还在教书吗？"

"是……是。"

"我还没去过你们学校。"

"有空你就来吧。啊，明天下午学校放学以后你能来吗？我可以带着你蹓一蹓。"

那时比较合适，因为老师和学生们都走了。她点头同意了。他们甚至连手也没有握就分开了。瓦伊亚吉依然呆呆地站在那里，望着妮娅姆布拉美丽的身影慢慢地消失在远方。他朝前走了几步，又停住了脚步。凝神伫立一阵以后，猛然回头朝刚才来的路走去。他觉得今晚再也不想见任何人了。

第十六章

已经是下午四点了，妮娅姆布拉还没有来。今天，学生们修整教室的墙，忙了整整一天，瓦伊亚吉让他们提前放学了，学校里几乎已经空了。经过修整的教室面目一新，墙缝已经用泥糊上，四周的墙就像新的一样，只是房顶还没有修。瓦伊亚吉打算召开一次家长会，在会上讲一讲修房顶的事，让家长们出出主意。这次开会，参加的人数一定不会少，因为其他山梁的家长们也会来参加。玛丽奥索尼学校现在已经成了整个山区传布新思想的中心。瓦伊亚吉虽很年轻，但在人们心目中，他已经是这场唤起山区民众的教育运动的领袖。召开家长会议的日期已经确定了。

瓦伊亚吉左顾右盼，焦急地等待着妮娅姆布拉。她也许不来了。瓦伊亚吉感到无限的失望和沮丧。今天一整天，他脑子里一直想着和她见面的事。他在办公室里坐立不安地踱来踱去。一有风吹草动，一听到脚步声或者看见一个什么影子，他就以为她来了，心就会激动得怦怦地跳个不停。他的灵魂和意识处于极度紧张之中。

妮娅姆布拉最终还是没有来。他再也不能等了，心里又失望又生气。他第一次认为她是一个傲气十足的姑娘，过去卡马乌曾经这样说过她，当时他不相信，现在可信服了。她没有来是不是因为父亲约苏亚……或者因为……对了，很有可能，哎，为什么没有想到这一点呢？可能是她怕父亲发现。骤然，他强烈感到他们之间存在着一道鸿沟，这道鸿沟就像隔开卡梅奴和马库尤的山谷。

他离开学校回家了。

院子里，母亲的屋子与两个小仓库相对而立，好像已经对峙多年了。父亲的房屋，在父亲死后，已经按照村里的传统用火烧掉。看到火烧后的房屋废墟，他常常想起父亲。过去父亲经常坐在门口，等到所有的奶牛挤完了奶，所有的家禽进了窝，太阳完全下山以后他才进屋；有时候，他还喜欢坐在庭院中间的那棵树下沉思，直至夜幕降临。

他家的小院周围全是灌木丛，灌木丛与顺着山坡延伸到霍尼亚河畔的低矮的小树林相接。河对岸不远处是一个谷地，走过谷地就是与卡梅奴交界的马库尤了。在马库尤那边鳞次栉比地分布着许多大小不一的房舍。远远望去，瓦伊亚吉家的房子若隐若现，淹没在灌木丛和小树林之中。其实，他家周围也并不全是灌木丛，房屋旁边还有几小块土地，只是被树木盖住了，远处看不见而已。刚下过雨不久，凭着瓦伊亚吉的感觉，田野不久就会变得葱绿苍翠，豌豆、大豆、玉米将会一齐破土而出，茁壮生长，最后花繁叶茂，蔑视那威胁着全国的干旱。

恩贾希①是大雨季，是每年深受庄户人欢迎的一个季节。在这个季节里，雨量充足，田野里的豌豆、大豆和其他庄稼生气盎然，往往会给大地披上绿色的盛装。雨季过后，庄稼更加茁壮，绿叶更加翁郁诱人。过不多久，和风阵阵，田野里就会变得万紫千红、花团锦簇。人们的心里荡漾着笑意，充满丰收的希望。这时，妇女们就会在田间繁忙地来往穿梭，耕耘培土；不，不是耕耘培土，而是在与庄稼和泥土轻声细语地促膝长谈，悄悄地诉说着心中的秘密，她们用夜鹰般的歌喉唱着欢快的歌儿。天真的儿童们在田间追逐嬉闹。微风乍起，庄稼和路旁的树在轻轻地摇曳，好像是对着妇女们会心地频频点头。妇女们笑逐开颜，神采奕奕，沉浸在幸福之中。

这幸福何止属于妇女，就连牛羊似乎也被这欢乐的气氛所陶醉，它们欢叫跳跃，快乐地摆动着尾巴。天真的儿童又是另

---

① 吉库尤语对大雨季的称呼。

一番情景：大孩子带着小孩子，不知疲倦地来回奔跑，玩耍追逐。尽管如此，他们对田野里盛开的各种小花却小心翼翼，生怕踩坏了它。瓦伊亚吉回忆起他小时候跟着妈妈下地的情景，每次下地，他最喜欢的是爬上路旁那棵高高的姆瓦里吉树。这时常常可以听见附近田野里小孩子们含糊的哭喊声，因为大孩子常常将小孩子搁在一边，自己跑着玩去了。紧接着就会听到母亲们对大孩子们的责骂声和喊叫声。

日落西山，晚霞烧红了半边天，男人和小伙子们赶着牛羊，妇女们背着从地里摘来的豆菜和瓜果朝家里赶。男人们回家后，常常喜欢坐在旁边，看着妻子们忙于给他们做晚饭。小伙子们则喜欢在屋前屋后，三五成群地围在一起谈论什么。如果天还没有黑，有的男人还喜欢独自坐在门口的大树底下沉思，或者把村中的一两个老人找来商量点什么。

近几年来，情形变了，季节也变了，常常是雨季不雨，旱季越来越长，火辣辣的太阳一连几个月总在头顶上转，将野草烤得一片焦黄。可是猛一下雨，却雷鸣电闪，大雨如注，翻江倒海，滚滚洪水无视人们的呼唤和祷告，带着泥土咆哮地奔流远去。有人说，这大概是白人的到来和马库尤人的咒骂惹得苍天发怒了。

瓦伊亚吉落落寡欢地在门外来回踱着。他突然想起了父亲，老人如果今天还活着的话，会是什么样子呢？也许已经老态龙钟了。瓦伊亚吉总觉得自己不太了解父亲，父亲生前的预言常常使他迷惑不解。父亲说他会成为救世主，这会是真的吗？难道要由他来赶走白人？这就是救世主的全部含义？如果是这样的话，那么又应该如何对付以约苏亚为首的新教派呢？

是的，应当先弄清楚这些问题，瓦伊亚吉心里想道。

他经常想起卡波尼，他不知道卡波尼是否与父亲的预言有关，也不知道应该如何看待卡波尼这个人。过去卡波尼曾经是约苏亚的忠实追随者。后来，时机一成熟，他就站了出来，带着一部分人与他们决裂。查格去世以后，卡波尼成了村中正式的领导人。也许卡波尼就是父亲预言中的救世主。那么，卡波尼是不是这样认为呢？查格曾告诉过瓦伊亚吉，除了他，第二个能够理解他的预言的也许只有卡波尼了。

卡波尼是学校管理委员会的成员之一，对于瓦伊亚吉所做的决定，他常常持否定态度。有一次瓦伊亚吉决定在教室旁边建一个厕所，他却反对说，其实也不见得有必要，因为野地里也很方便。后来，经过其他老人的说服，他终于同意了，可他却坐着一声不吭，直到会议结束。

使瓦伊亚吉感到恼火的是，卡波尼常常说他太年轻，像个毛孩子。

"年轻人，我们老了，见的也多了，我们过的桥比你走的路还多。"卡波尼想反对他时，就常常信口说。然而，村中的老人们却常常称瓦伊亚吉为老师，以表示对他的尊敬。

夜幕降临了，瓦伊亚吉怅然地步进自己屋里。"妮娅姆布拉失信了"，他脑子里一直在这样想。可是，当他回想起约苏亚是怎样对待穆索妮的时，他就原谅了她。说实在的，那天晚上他心里很害怕卡波尼看见他和约苏亚的女儿在一起。对此，他心里至今还觉得很不自在。这样下去，他简直就要成为部族中的奴隶了，这又何苦呢！一举一动如此引人注目，自由又受到如此的限制。可他又想，这不是自己日夜追求的吗？服务！为部族服务！就像父亲和先辈那样无时不想着部族的利益。现在命运又将他推上领导的地位，那么好吧，如果这是众望所归，他愿意站出来。对于这一切，父亲可能早已预见到了。

瓦伊亚吉能够顶天立地站出来，肩负实现人民愿望的重担，他为此感到自豪。这时，他怀着无限激动和钦佩的心情想起了父亲，就再也不认为自由受到限制了。他要为部族服务，服务……

他屋里的东西不多：一张简陋的床，加上一张桌子和一把椅子。屋内的一切显得寒碜、阴森。瓦伊亚吉摸黑进屋，用手去摸桌上的灯时，就像一个正在行窃的小偷，心里一阵寒颤，两手直打哆嗦。但他一想起父亲，心里顿觉热乎乎的，增添了不少勇气。

村中给他的报酬不多，他不在乎。因为他认为这是在为山里人服务，最后人民会感激他的。对他来说，人民满意就是最好的报酬。他要尽一切努力继续完成已经开创的事业：要创办更多的学校；要像父亲听说的那样去掌握白人的文化。瓦伊亚吉还想，办普通的学校还不够，还要办高等学校，甚至还要办利文斯敦牧师经常提到的那种大学。以后，也许还能从内罗毕请来更多的老师。内罗毕太远了，他从未去过。但这些都是他将来为之奋斗的目标。现在所要做的是扩充学校，使这所学校成为山区的样板。

油灯的火苗忽闪忽闪，若明若暗的灯光在四周的墙上投下了一道道模糊的影象。火苗中间冒出了一个黑点，接着又冒出了缕缕青烟。瓦伊亚吉凝视着这一缕缕盘旋上升的青烟，犹如置身梦幻之中。他慢慢地伸出小手指，想捅一捅火苗，可是手指刚一靠近火苗，又猛然缩了回来。玩火没有什么好处。他突然怒气冲冲。正在这时他听到有人敲门。

"请进。"

门被推开了。

"啊，基奴西阿。"

"瓦伊亚吉。"

"你好吗？"

"好。"

基奴西阿站立了片刻，然后走过去坐在床上。瓦伊亚吉目不转睛地盯着他，使得他简直不敢抬起头来。

"你从……？"

"从家里来。"

"山那边好吗？但愿一切平安。"

"是呀，一切平安。你妈妈好吗？"

"啊，我刚回来，还来不及过去看她。我们一起去看她好吗？看看她那边有什么好吃的。"

他们出了门，一起朝妈妈的屋子走去。基奴西阿的来访并不使他感到意外，因为他们经常来往，已经习惯了。

"听说你已经加入了吉亚马？"

"没有这回事，你听谁说的？"瓦伊亚吉说的是真的，在这之前谁也没有对他提过这件事。

"今天放学后我听卡波尼说的。听说长老们要让你当村中的执事，卡波尼知道以后很生气，我见他到处对人说你太年轻了，不能让你知道部族的秘密。"基奴西阿沉默了片刻，然后用既是警告又是劝告的口气说："我觉得卡波尼不喜欢你，如果我是你的话，我一定加倍提防他。"

瓦伊亚吉心里直想笑，但没有笑出来。他不明白，他从来没有得罪过卡波尼，而卡波尼为什么总要和他作对。

妈妈做完了饭，他们开始吃饭。屋里的空气沉闷而又有点紧张，基奴西阿觉察出来了。瓦伊亚吉回过头，看了坐在角落里的妈妈一眼。

瓦伊亚吉喜欢妈妈，他是她唯一的儿子。他发觉自己不像小的时候了，过去每到晚上他常常喜欢在油灯下，坐在妈妈身旁听她讲故事。现在他为平时很少和她在一起而感到内疚。

他们各自默默地吃着饭，吃完饭，他们又一起回到了瓦伊亚吉的屋里。"我想你一定听错了，基奴西阿。我从来没有得罪过他，他有什么理由恨我呢？"

"他嫉妒你。"

他们之间出现了长时间的沉默。后来他们又聊了聊村里和学校里的一些零星事情。基奴西阿要告辞了，临走时他突然告诉瓦伊亚吉说："卡马乌说他昨晚在马库尤见到了你。"

瓦伊亚吉没有吭声。

第十七章

约苏亚布道时情绪激昂，声音抑扬有致，娓娓动听；他的话具有很强的感染力，充满着对《圣经》揭示的人伦道德坚信不疑的热诚。他的教堂经常被挤得水泄不通。他已经无可争辩地成了信仰新教的上帝子孙们的精神领袖。今天，他甚至可以当众大声叫喊，现在没有一个人有资格和他相比，没有，一个也没有。他的尖脆的声音和巧舌如簧的演讲天才深深地吸引着每一个人。

瓦伊亚吉很赞赏约苏亚对事业无限忠诚的精神。自从信仰新教以后，他一直是利文斯敦和上帝的虔诚的信徒。他那清教徒的习惯和信念从未改变过；他那清教徒的意志也从未动摇过。即使穆索妮的叛教和死亡对他的精神有影响，他也从来没有显露过。穆索妮已经不在人世了，不管怎样，约苏亚已经和她彻底脱离了关系。在他看来，上帝的人怎能跟魔鬼有牵连呢？

事实上，穆索妮的死使约苏亚的信仰更坚定了，使他更加一心一意地布道了，他作为山区的精神领袖，正在不遗余力地将基督教的道德观念灌输给人们。部族的一切传统习惯简直是十恶不赦，不能令人容忍，更不能对它有任何让步。因此，他在唱圣歌和布道时更加理直气壮了。约苏亚对自己的信仰是坚定不移的，就连临死前还反对新教的查格也没有那么坚定，查格允许儿子瓦伊亚吉去西里安纳上学就说明了这一点。听着约苏亚的布道，瓦伊亚吉突然想起了卡波尼和吉亚马这个新的组织。约苏亚在喋喋不休地说教，声音时而高昂，时而平缓。这时，瓦伊亚吉听见他用加重的语气说："大家都有罪过，因此我们要向上帝赎罪。"约苏亚说这句话时声音很洪亮，但却有点装腔作势。

骄阳似火，将马库尤这个小教堂的铁皮房顶烤得格格直响，好像要裂开似的。教堂里的信徒们全神贯注，静静地听着这位上帝的使者的每一句话语——他的话语像磐石一般，是魔鬼的阴谋征服不了的。

瓦伊亚吉坐在后边，但他对约苏亚的一举一动看得清清楚楚。他说不清为什么会到这里来，他对自己会出现在这种场合而感到惊讶。

"全民族已经放弃对本来就不存在的神的信仰了吗？然而，我的人民已经放弃了那种毫无益处的传统习惯……转而信仰

《新约》，也就是今天你们手里拿着的《新约全书》，现在让我们一起念吧，耶稣说：'先去寻找那个天国吧……'"

瓦伊亚吉暗暗想道："约苏亚精通《圣经》，说话时口不离《圣经》，对《圣经》里的话真是倒背如流。"

"亲爱的兄弟姐妹们，今天我要告诉你们，到耶稣这里来，和耶稣站在一起吧。你们可以看到，耶稣为了你们而被钉在十字架上。你们要像彼得①那样抛弃耶稣吗？请记住，人世间的生活充满艰辛和考验。魔鬼会在黑夜中来到你的家，来到你的庄园，甚至会来到这个教堂里找你，他会低声劝你回到原来黑暗的道路上去。魔鬼还会说：'恩约罗格和约苏亚，跟着我，这条路宽阔平坦，孩子，你看见了吗？这是一条真正的路。'要记住，不要轻信这些话，要坚定不移地向前，一心一意地朝新的耶路撒冷走去。在《约翰福音》第十四章中，耶稣说：'你们心里不要忧愁，你们信靠神，也当信靠我。在我父亲家里，有许多住处，不然我就不会说是为你们去准备地方了。'

"我预备好了，为你和我准备好了，也是为那些真正的信徒准备的，朝圣者将满怀喜悦走在这条路上，用他们的聪明才智去战胜生活中的艰难困苦……兄弟们，你们今已听见了耶稣的

---

① 耶稣的十二个使徒之一，耶稣被捕时，他狼狈而逃。

声音吗？你们不要铁石心肠……"

约苏亚环视四周，他的视线骤然落在瓦伊亚吉身上。可是，不，他马上又将眼光移到别处，移到其他的人身上。他刚才曾谈到那些已经看见光明但尚未走上光明之路的人；他还对那些脚踏两只船、同时想走两条路的人说，你怎么可能同时走光明和黑暗两条路呢？

"亲爱的兄弟姐妹们，黑暗和光明不可能调和，主①就是因为反对调和才被钉在十字架上的，他从来就站在光明一边，光明与黑暗泾渭分明……"

瓦伊亚吉对卡波尼深感不安，不知道应该如何看待像他这样的人，应当将他摆在什么地方。他又想到自己一直站在哪一边呢？也许，不偏不倚地站在马库尤和卡梅奴中间是不可能的。如果这样，那又应该如何联合这两道山梁呢？他突然觉得不了解自己，甚至不知道现在究竟站在什么立场上。今天约苏亚的话拨动了他的心弦，唤醒了他那隐藏在黑暗角落里的灵魂，他开始感到胆怯……约苏亚正在谈论什么脱胎换骨：新人，新生，新路。他提高嗓门叫喊，时而谴责，时而哀叹；时而劝，时而警告。瓦伊亚吉开始感到不安，觉得自己有罪。有什么罪呢？

---

① 指耶稣。

也许与什么光明有关，或许与父亲从前所说的"忠实于你的部族和部族传统习惯"的话有关。可现在的事实是，他在约苏亚的教堂里。约苏亚刚布完道，圣洁的教堂里骤然变得鸦雀无声。不一会儿，教徒们几乎同时一起大声唱起了圣歌：

福音

降临到我们的土地上，

福音

救世主耶稣降世。

在他们唱圣歌时，瓦伊亚吉偷偷地溜出了教堂，他暗暗庆幸这个可以脱身的机会。他惊魂未定地离开了教堂，觉得自己好像是一个小偷或者侦探。当教堂里的阵阵圣歌声传进他的耳朵时，他心里突然对一种东西产生了无穷的欲望，只有得到了它，心里才会满足和快乐。为什么要到这里来呢？原来他是到山那边去的，并没有想到教堂里来。然而事实上，他却到教堂里来了。他想安慰自己说，他贸然来到教堂与妮娅姆布拉无关。但是，在教堂里找不到她时，他心里为什么感到失望呢？

瓦伊亚吉已经加入吉亚马，这是村中一位长老来告诉他的。吉亚马还没有正式开展活动，因此他对这个组织还不太了解。

但他听说这个组织的成立是为了维护部族和山里的纯洁。如果长老们看见他上教堂的话，一定会认为他出卖了他们。但他心里明白，他是绝对不会抛弃他们的，他只要一息尚存，就要为他们服务。他要用他学到的有限的知识去激励部族的精神；他要把从白人那里学来的东西教给部族的人，使全部族的人都有足够的力量和足够的聪明才智，最后将白人和传教士从这块土地上赶走。这时，瓦伊亚吉似乎已经看见了这样一个伟大的部族：人人都有文化，男女安居乐业，躬耕在先辈留给他们的土地上，继续发扬部族的传统习惯。同时，部族的人纷纷前来向他祝贺和表示感激之情。瓦伊亚吉完全陶醉在这种想象的快乐情景之中。这也许就是为了救世而要完成的使命。是的，瓦伊亚吉一定要为此奋斗，不达目的绝不罢休。他迈着轻快的步伐朝着梦想中的道路向前走去。

"瓦伊亚吉！"

听到声音，他突然转过身来，刚才的梦想在头脑中已经无影无踪。

"卡马乌！啊，你好吗？"他们互相紧紧地握手。

"还不错。你从哪儿来？"

"我——我想到山那边去，从这里经过，顺便看看马库尤这位老头子礼拜天干什么？"

"你说的是约苏亚？"

"是的。"

瓦伊亚吉和卡马乌面对面站在路旁的大树底下谈论着什么。这时，妮娅姆布拉正好从他们身边走过。瓦伊亚吉一见到她，心里就扑通扑通地乱跳，他用多情的眼光目送她朝河谷走去，直至她的身影消失在视野中，他才转过脸来看了一眼卡马乌。然而，他发现卡马乌也朝妮娅姆布拉走去的方向远望时，他心里就觉得不自在。他突然想起基奴西阿告诉过他的话，不自觉地暗暗想道，卡马乌是不是真的看见他曾和妮娅姆布拉在一起呢？

"请原谅，我该走了。"瓦伊亚吉神色紧张地说。卡马乌没有吭声，若有所思地沉默了一会儿。最后他问瓦伊亚吉：

"你想她了？"

"谁？"

"那个姑娘？"

"哪个？"

"还有谁，妮娅姆布拉，难道你刚才没看见她？"

"啊，不，没看见。"

刚说完，瓦伊亚吉又暗暗责怪自己不该撒谎，他心中突然产生一种恶念，脸上掠过焦急的暗影。卡马乌没有留意，他仍在不停地朝妮娅姆布拉离去的方向张望，还自言自语地说："她真漂亮！"瓦伊亚吉开始对他产生了猜疑，心中焦虑不安，唯恐失掉妮娅姆布拉。

妮娅姆布拉还在河谷那边焦急地等待瓦伊亚吉，当她看到瓦伊亚吉正朝她走来时，她的那颗本来就不平静的心跳得越来越快。她局促不安地站着，不知见到他时该说什么才好，她因为没去玛丽奥索尼学校看他而感到内疚。其实当时她很想去，但必须冒险被父亲发现，因为父亲当时在家。自从那天月夜与瓦伊亚吉相逢以后，她的心一刻也没有离开过他，一想到他，她就觉得异常兴奋，心里就有一种说不出的冲动，两眼闪闪发光。米莉阿姆看到她这样高兴，曾问她做了什么好梦，正在想什么。但她自己也说不清到底在想什么，只觉得自从与瓦伊亚吉偶然相遇以来，她的一切正在发生变化，心里产生了一种需要得到什么的强烈欲望，然而这是从霍尼亚河那里得不到的。

两个星期以来，她一直盼望再见到瓦伊亚吉，哪怕见一面、向他问一声安也好。她又不敢到学校去找他，所以一直没有机会。今天她没去教堂，心不在焉地在外边徘徊，偶然发现瓦伊亚吉正朝河谷那边走去，她紧走几步想跟上去，可是不一会儿，她又看见瓦伊亚吉正在和卡马乌说话，因此她决定顺道从他们旁边走过去。

瓦伊亚吉见到了她，心里非常激动。自从那天夜里分别以后，已经有好几天没有见到她了。现在她却又文静地、含情脉脉地站在他跟前，显得比以前更加妩媚、秀丽，落落大方。当他走近她时，心跳个不停。妮娅姆布拉微笑着，两颊绯红。瓦伊亚吉觉得她的微笑多么迷人。

"你好吗？"

"很好，你呢？"

"很好。"

彼此间出现了短暂的沉默，各自低着头，谁也不好意思看谁。

"那天我等了你好久。"

"很对不起，那天我没有去，"她神情不安地说，"那天我很忙，我……我没有空。"

瓦伊亚吉全都明白了，因此再也没有多说。

"好吧，不要紧，你改日再来。"

"嗯——不过……也许，如果我有空的话。"

瓦伊亚吉多情地瞥了她一眼，她又羞又窘，绯红的脸马上侧了过去。他突然意识到妮娅姆布拉是来找他的，因此倍觉情思缠绵，决心要将自己对她思念之心告诉她。但他不好意思说出口。眼看就要分别了，他再也控制不住自己的感情，突然以全部的激情向她扑去，将她紧紧地拥抱在怀里，对着她悄悄地说了许多情笃的知心话。

妮娅姆布拉心神恍惚，情思缠绵地匆匆朝家走去。一回到家里，她就马上动手做饭，因为她知道，爸爸妈妈很快就要回来了。想起刚才发生的一切，犹如做了一场梦，她觉得瓦伊亚吉什么也没有告诉过她，但她心里却觉得甜蜜、亮堂。

妈妈从教堂回到家里，发现女儿目光呆滞、心神不安，就走了过去，温和地问她：

"你怎么啦，妮娅姆布拉？肚子还疼吗？"这时她才想起，今天没有上教堂，是因为她告诉妈妈说自己肚子疼。因此她赶紧回答说："不，不疼了，妈妈。"但她心里明白，这一切都是撒谎。

天黑了，爸爸回家后，妮娅姆布拉说有点不舒服，就早早地上床睡觉了。

第十八章

　　瓦伊亚吉一天到晚忙忙碌碌，总觉得有干不完的事，除了学校里的教学工作和行政事务，还有吉亚马的文书工作，此外还要参加名目繁多的各种会议和庆祝活动。他的名字在山里已经家喻户晓。孩子们尊敬地称他为"我们的老师"，老人和妇女们见到他也总是口不离"老师"。这个满肚子白人文化的人，正以满腔的热情，用智慧和力量浇灌着部族的土地，给部族带来新生。瓦伊亚吉的兴趣在于教育孩子们，而不在于吉亚马里的工作。然而他却时常不忘爱国和实现崇高的理想，时刻准备为人民的利益而献出自己的一切，一想到此，他的心会感到无限的快慰。

　　召开家长会的日期临近了。瓦伊亚吉打算在会上向家长们着重说明创办更多学校的必要性和重要性。但是学校办起以后，到哪里去找老师呢？对此他心里没有数。他想，也许到西里安纳去，努力说服一些老师到山里来，或者他亲自到内罗毕去跑一趟，也许能够争取几个。日夜萦绕在他头脑里的还有另一件大事，那就是卡梅奴和马库尤的联合；他觉得这两道山梁的人民完全有必要也应该联合起来。过去的对立状态大大地影响了他办教育的积极性。他还觉得必须设法使约苏亚派和对立派和解，尽管两派之间的裂缝越来越大，但他可以充当沟通两派和解的桥梁。在这次会议上，他要把这种想法说出来，这也许会成为促成两道山梁联合起来的新起点。表明他的立场的时机到了，这不仅是他的想法，也是他长期的愿望。开始时，这仅仅是一种试探，后来渐渐变成了一种隐隐约约的目标，现在却成了一种需要。这样做难道不影响他那日益提高的名誉和地位吗？尽管如此，他也要试一试。甚至他还高兴地认为，妮娅姆布拉一定会赞成和支持他的。

会场的草地上坐满了来自各地的男男女女。有些人是来了解孩子的学习情况；有些人是来看看这所闻名的玛丽奥索尼学校；也有些人是想亲眼看看这位初负盛名的老师；百闻不如一见，他们是慕名而来的。这可是一个难得的机会。山里人在谈论"老师"，一提起"老师"，所指的就是瓦伊亚吉。他的名声和事迹不胫而走，从一个山梁到另一个山梁，在人们口中不断地传颂，就像燎原烈火，势不可挡。人们将他看作是部族尊严和纯洁的形象的化身。

整个校园朴素整洁。家长们的印象是：学校的主人勤奋精悍，敢于向外来意识和势力挑战。

瓦伊亚吉领着人们绕学校一周，参观牢固大方的泥土建筑。在这富有乡土色彩的教室中间，还有小小的花园，花园里各种艳丽的小花为校园增添了不少生气，使整个校园显得完美无疵。在学校里学习的孩子们，不仅能谈会写，还能开始用外语对话，这些成绩都是在西里安纳拒绝那些不愿放弃部族传统的家长们的子弟入学以后的短时间内取得的。

在陪家长们参观的过程中，瓦伊亚吉自始至终对他们热情有礼，一边参观一边向他们介绍他的设想和计划，希望得到家长们的支持和帮助。他的和蔼可亲、平易近人的态度得到家长们的高度赞扬，但也由此遭到某些人的妒忌和仇视，卡波尼就是其中之一，他对此很不高兴，认为自己为人民做了不少事，是他带领一部分人从西里安纳分出来，开始创办人民自己的学校，因此，难道他就不该成为领导人吗？在他眼里，瓦伊亚吉只不过是一个稚气未消、愚蠢无知和一事无成的青年人，由瓦伊亚吉当领导人是不顺天意的。他自己无论是在年龄上还是见识上都足以赢得人们的尊敬。可是事实并非如此，因此他很不满意。如果是卡马乌处在瓦伊亚吉的这种地位，他也许不会有妒忌心，因为卡马乌是他的儿子，也是一位很好的老师，而且年纪比瓦伊亚吉大，由卡马乌当领导也许更合适。没有一个人说得清楚，卡波尼对瓦伊亚吉的崛起为什么始终耿耿于怀。只有卡波尼自己心里明白，事情本身与预言有关，他不喜欢看到预言成为现实，他更担心瓦伊亚吉会成为人们期望的救世主。

会议按原计划是要早点开的，但由于长老们三三两两地姗姗来迟，会议直到晌午以后才开始。瓦伊亚吉站起来宣布会议的议程时，会场安静了下来。瓦伊亚吉说话的声音虽很平静，但他的心却在剧烈地跳动，站在那么多的人面前，无数眼睛瞪着他，他心里非常紧张。他简要地讲了几句以后，先让学生们唱歌表示对家长们的欢迎。这首歌是他在西里安纳时学过的，比较熟悉，但对家长们来说却是新鲜的，歌词说出了家长们的心里话，深深地打动了他们的心。

爸爸，妈妈，

给我石板和笔吧，

我要读书学文化。

土地被他人抢去，

牛羊在土地上消失，

一切已不复存在。

眼前又有什么呢？

我们要读书学习。

爸爸，倘若你有牛羊，

请你给我矛和盾。

然而现在——

我不要长矛，

也再不要盾。

我所需要的是——

学习上的矛和盾。

简朴的歌词使一些家长感动得热泪盈眶。为了孩子们，他们决心努力劳作，让孩子们读书学习。白人侵占了我们的土地，玷污了部族的传统。但不会永远这样，情况会向好的方面转化，也许还要过几年，或者需要更长的时间，但将来总有一天，情况准要发生变化。现在救世主已经降世，他已打开人们的眼界，唤醒沉睡的雄狮，苏醒的雄狮已经开始为胜利而吼叫。孩子们仍在高声地唱，声音越来越响亮。

爸爸，

用矛盾作战的时代

已经一去不再来。

眼前又有什么呢?

是一个斗智的战场,

智慧和理智就是武器,

我,我们都要好好学习。

　　家长们神情严肃地聆听孩子们唱的每一句激动人心的歌词,他们有的双手紧紧地按着胸部,有的不自觉地不断捋着下巴。卡波尼看到这种情形,一阵阵无名火从心底里往外冒。像瓦伊亚吉这样一个"毛孩子"竟然如此受人尊重!不,不行,一定要揭发他。他不是去过约苏亚的教堂吗?他不是曾经和约苏亚的女儿私下在一起吗?一定要让他在众人面前出丑。

　　孩子们在继续高唱,他们唱出了多数人的心里话,唱出了有人认为如果不发生变革,末日就要来临的这一代人心中的秘密。孩子们是在为失去的传统唱挽歌,为部族的行将灭亡而哀鸣,还是在为即将到来的变革而欢呼?然而人们眼里都满含着悲伤和希望,他们从救世主闪闪发光的眼睛中可以看到周围的一切。

　　孩子们唱完歌就坐下了,会场顿时变得鸦雀无声。不一会儿，会场四周的群众骤然间异口同声地和着刚才的曲调高唱：

> 吉库尤——穆姆比！
>
> 吉库尤——穆姆比！
>
> 留给我们肥沃的处女地。
>
> 啊，加油干哟，大家一起来！

瓦伊亚吉再一次站了起来。他心里异常兴奋。这是向人们介绍他的计划和想法的极好机会。他安详而得意地向人们讲述了他心里的全部想法。他简单扼要地讲了玛丽奥索尼学校的发展计划和前景；又讲到学校教室屋顶的铁皮已年久老化、生锈裂缝，需要更新；讲到学生们需要课桌和笔墨纸张；讲到今后还要兴办更多的学校，需要更多的老师……他讲完后，神情不安地坐了下来，他担心没有向人们讲清楚他的全部计划。然而会场上响起的热烈掌声和欢呼声立即消除了他这种多余的担心。

掌声刚息，卡波尼紧绷着脸，煞有介事地站了起来。他虽已近暮年，但他说话的声音依然洪亮有力。他善于掌握听众的心理，懂得在什么场合说什么话；他能说会道，说起话来绘声绘色，神气活现；他还知道话说到什么程度就该适可而止。他不想包罗万象地把话一下子说完，因此决定将与约苏亚有关的事放在最后讲，以便给瓦伊亚吉最后沉重的一击。

他愁容满脸地回顾部族贫困的状况：常年干旱，庄稼十年九不收，人们忍饥挨饿，就是好不容易盼来一个丰收年也是所收无几；他讲到被白人占去的土地，谈到设在山里的政府办事处向人民征收租税；针对瓦伊亚吉刚才谈到的要解决燃眉之急和兴办更多学校的事，他还发表议论说，在这种情况下，给父母们增加如此沉重的负担合适吗？此外，是不是一定要学习白人的文化呢？要取得胜利是不是没有别的办法呢？当然有，最好的办法是行动起来将白人赶出去，他创建吉亚马这个组织就是这个目的。那么，难道我们胆怯吗？我们部族就没有英雄人物吗？言外之意是，他卡波尼就可以出来领导人民，只有他能让他们摆脱白人的影响，也只有他才能恢复部族的传统、纯洁和尊严。

"那么，是不是我们部族的文化比不上白人的呢？难道我们的智慧不及白人？"

他想激励大家，号召大家为部族的气质而自豪，做忠于这块土地的人。

"千万不能让年轻人当领导。难道我们能容许一个小人物当头头，让孩子指挥父亲，让小狮子带大狮子？"

只有寥寥几个人对他的话表示赞许，然后会场一阵沉默。

卡波尼的一些话大概也触动了他们的心，因此人们低声地议论开了。有人认为卡波尼的话更有道理、更有见识，山里人绝非懦夫，因而赶走白人、恢复部族传统并非难事！其他一些人，尤其是青年人则完全站在瓦伊亚吉一边。瓦伊亚吉看到这种情况，心里非常难过，他觉得卡波尼有意捅开了本来已经愈合的伤口，重弹青年时期的老调。瓦伊亚吉带着一种使青年人赞叹的勇气和胆略再一次站了起来，会场上顿时产生了一种过去曾经有过的对抗情绪。他神情严肃地环视四周，他那咄咄逼人的眼光使在座的每一个人都有一种特殊的感觉。他开始说话，声音沉着，就像当年他爸爸的声音——不——就像古代吉库尤英雄们的声音。站在众人面前的是一位救世主，他的每一句话都深深地触动了每个人的灵魂；他的声音紧紧地牵动了所有人的心，就像一位牧童正在吆喝羊群。他说话时尽量避免说出可能会引起争吵的话语，为此他怎能当众否定和批驳卡波尼的话呢？瓦伊亚吉对家长们说，在座的人都是他的父母，他没有想过要出来带领大家，相反地，老年人有责任出来引导和带领青年人，青年人应虚心听老人的话。他瓦伊亚吉随时准备虚心听取老年人的教导。他所需要的仅仅是想为山里人做点事，他不希望看到山里人四分五裂，如果人们将他的话当耳边风，那么山里就有可能失掉部族昔日的尊严和荣誉，就会永远处于落后状态……

他继续着重说明读书识字、尽力吸取一切知识的重要性。许多人多么希望他继续讲下去，因为他的话很有启发性，充满哲理。他讲完话坐下时，人们纷纷站立起来，异口同声地向他高喊："老师！老师！我们需要老师！"有些人还大声喊叫："我们的孩子要读书。指路吧，我们一定紧紧跟随。"

对瓦伊亚吉来说，还需要什么呢？这一切已经是他最大的满足。

许多老人，还有老师们，纷纷走来向他祝贺。会议当场决定选举一个委员会，专门管理山区教育和兴办学校的事务。人们已经注意到卡波尼落选了。

"卡马乌，我的孩子！"

"我在这儿，爸爸。"

"我的脚不行了，直打哆嗦。"

"怎么啦？爸爸，你病了？"

"大概是病了，啊，不——这双脚，我感到双脚发软，把拐杖拿过来，扶我回家去吧。"

四周的人都在微笑，看见卡波尼被儿子扶着回家去了。卡波尼的儿子卡马乌也是老师，和瓦伊亚吉在一起工作。大家都以为卡波尼病了，其实他没有病。他满腔怒火，因为他在众人面前丢了脸，蒙受了耻辱！不，我不能这样！我不应该这样！

"我要杀他！"

"你要杀谁？爸爸。"

他们站在一个小山上，卡波尼恼怒地看着儿子。

"你简直太无能了，"他冲着儿子叫喊，"你还算是我的儿子？你不是早想挤掉他吗？你难道比他差？"

卡马乌没有回答。他的心里也有难言的痛苦，难道他和父亲会永远屈居瓦伊亚吉之下吗？

几个月后，情况发生了很大的变化。许多山梁都陆续办起了学校。瓦伊亚吉的事迹就像春风一样吹遍了山里的千家万户，无论在家里，还是在田间地头，人们无不在谈论他。从表面上看来，甚至卡波尼也不得不信服这个年轻人的领导才能。无可否认的事实表明，瓦伊亚吉已经成了人们心目中的领导人。老人们信赖他，大家都相信他不会使人失望，他有能力带领山里人，跟白人和那些企图消灭吉库尤和穆姆比的外国人进行较量。现在全民族已经站起来了，全体人民完全有力量对付传教士、商人、政府当局以及那些假洋人。

如果瓦伊亚吉知道人们如此信任他，以致把全部希望都寄托在他身上，他也许会感到压力。然而他并不完全清楚，他只知道自己要让山里人得到更多的教育，这种想法就像一个幽灵，总是不断地敦促他毫不满足地奋发前进。甚至后来，吉亚马过分热情地要他为部族的纯洁和统一举行宣誓时，他还没有意识到这里会潜伏着什么危险。其实，卡波尼并没有罢休。瓦伊亚吉能够见到的只是日常的教学、遍地开花似的学校以及无数求知心切的孩子。

瓦伊亚吉要为如饥似渴的孩子们普降甘霖，要让所有的孩子都能读书学文化。教育就是生命，让每个人都受到教育吧。他甚至希望约苏亚和他的信徒们也能和他携手合作。他的脑海里突然闪过一个自觉有罪的念头，因为他在会上忘了说服大家应为全体人民的和好和联合而努力。

第十九章

约苏亚的愿望是要使越来越多的人成为基督的信徒。虽然年事已高，但他仍然精力充沛，雄心勃勃。他认为以往的努力已经取得了成效。确实，开始时事情进行得很顺利，有许多人投靠了他，不少人还参加了洗礼。此外，他不是还说服了许多家长，让他们的孩子们到西里安纳聆听基督的教诲和接受白人的教育吗？

然而，后来的事态发展看来使他大失所望，许多信徒先后悄悄地溜了回去，重新遵循部族原来的传统习惯，有些人回去之后还娶了第二个妻子。这倒不是约苏亚认为娶第二个妻子本身有什么过错，说实在的，就连他自己对这件事也感到迷惑不解，因为在《旧约全书》中提到的那些跟随上帝周游天下的人和天使们就不止有一个妻子。但是西里安纳的那位传教士却说这是罪过，因此，只好认为这是罪过了，他也不打算深究这个受上帝主宰的白人所说的是否正确。不管怎么说，反正是白人将基督教传入了这个国家。

约苏亚所担心的，不是许多人走回头路，重新恢复了像割礼那样的受诅咒的部族的旧习惯。在处理穆索妮叛教的这件事上，他显然是胜利了。使他深感不安的是瓦伊亚吉这样年轻有为的领导人；瓦伊亚吉在部族中的崛起，对他是一种不容忽视的威胁。正是在瓦伊亚吉的带领下，山区陆续兴办了许多学校，因此，在他的许多忠实信徒当中，今后可能会有更多的人，由于对瓦伊亚吉的敬慕和教育上的需要而离开他，加入瓦伊亚吉的行列。基于这种担心，他和教会的人一起，召集一些忠实的信徒，共商创办学校，以便让他们的孩子在上西里安纳之前能在这些学校里学习。不久以后，两所学校兴建起来了，一所在马库尤，另一所在恩格尼亚附近。学校建起以后，教学上取得了一系列令人满意的成绩，一时竟成了瓦伊亚吉兴办的学校的竞争对手。

卡梅奴召开的那次家长会产生的影响出人意料，同时使约苏亚对撒旦[①]有无穷威力的说法有了进一步的认识。自从召开那次会议以来，卡梅奴这个撒旦的大本营就更显得举足轻重了；有了这个大本营，信徒们就可以无所顾虑了。因此，约苏亚和

---

① 《圣经》中是魔鬼的意思，撒旦原是天使，后因堕落犯罪被降到人间。

信徒们也在酝酿和筹备召开一次大会，这次大会除基督的信徒外，也欢迎其他的人自愿参加。

大会决定在一个礼拜天召开，消息早已通过各种渠道发布出去。开会那天，邻近山梁的基督教徒们纷纷前来参加，在参加大会的人当中，有些甚至是远道而来的。大会开始，他们先是唱圣歌，赞美上帝，继而是祈祷，最后是听约苏亚布道。约苏亚精神抖擞，出口成章地在会上布了道，以致会后有许多人说他使用的是天使的语言，令人信服。有的人说他是天使的化身，甚至认为他布道的话是马利亚^①预先告诉他的。他自己觉得又一次取得了成功，因为又有一些人在会上成了基督的信徒。这是很好的开端，在卡梅奴第一次有了约苏亚的势力，毫无疑问，以后还会有更多的人加入他们的行列，这将是对那些因循守旧、死不放弃部族习俗的长老和其他追随者的挑战。

基督教徒的会议就在离瓦伊亚吉家不远的地方召开；瓦伊亚吉在家里，对会场上的一切看得一清二楚，新教徒们一个个欢天喜地聚在一起唱圣歌，赞美上帝。面对这种公开的挑战，瓦伊亚吉心里有一种难言的痛苦。他觉得自己似乎与众不同，

---

① 《新约》称马利亚是约瑟的妻子，未婚前因圣灵感孕而生下耶稣。人称圣母马利亚。

这大概与他的性格有关吧，他对基督的某些教导很感兴趣，基督在客西马尼园①所受的折磨以及被钉在十字架上的痛苦情形甚至还深深地打动了他的心。尽管如此，他还是从未想过要背叛他的部族。他真的没有背叛过他的部族吗？他曾热衷于在约苏亚和对立派之间搞调和，那是为了什么呢？瓦伊亚吉从未细心思考过。他在那次给他带来极大荣誉的家长会议召开以前，就已有了使两派联合起来的想法，他觉得这是他应去履行的职责，而且正在逐步熟悉和履行这种职责：消除卡梅奴和马库尤之间的旧怨，恢复部族之间的团结。可是机会到来时，他却无所作为地失去了这种机会。当时，突然的变故、愤怒和惊讶使他变得有些神经质，以致不能自已。因此，机会虽然到了，可是却被他错过了。他默然沉思，真想为和解和团结而大声呐喊。

"还有机会，下次吧！"瓦伊亚吉感到失望时，常常这样安慰自己。但他有时又感到欣慰，因为教育才是他真正的义务和向往的目标。他需要和所有的人合作，得到人们的支持，包括约苏亚和卡波尼。人们称他为救世主，他爸爸也说过他是弥赛亚降世。那么，他的降世应该拯救谁呢？为什么要拯救他们呢？他要将人们引向何方呢？这一切一直在瓦伊亚吉脑海中翻

① 《圣经》故事中的一座花园，位于耶路撒冷附近的橄榄山下。耶稣受难前夕，在此地被犹大以接吻为号出卖给拘捕者。

腾。但他却一直将自己看作是能将人们引向光明的救世主。教育就是光明，受教育是人们的共同愿望。教育、学校、教育，循环反复，永无止境。他看不出他致力的教育事业与吉亚马组织的活动有什么实际关联。他的唯一愿望是使所有的人都能受到教育，而团结则是实现这一目标的关键。约苏亚和他的信徒们已公开承认他们是和白人站在一起的，从他们最近表现的赤裸裸的挑战行动中，可以隐约预见到今后形势一定会发生变化，那么吉亚马对此能起什么作用呢？瓦伊亚吉已经辞去了在吉亚马中的一切职务。他不知道在卡波尼领导下的吉亚马能不能建立起一个强有力的核心，以便挑起保住山里一切秘密的重担。瓦伊亚吉辞职以后，卡马乌代替了他，其实是瓦伊亚吉推荐的结果。这是不是对卡马乌的一种让步呢？瓦伊亚吉说不清楚，他没有精力去研究这些，他的精力主要集中在教育上，而维护部族的遗风和纯洁则是吉亚马的事。

　　基督教徒们又一次举行集会，瓦伊亚吉突然对这次会议产生了浓厚的兴趣，他以为妮娅姆布拉也许就在会场上。当妮娅姆布拉的形象骤然掠过他的脑际时，他的心开始激烈地跳动；每次想到她，他心里都很不平静。他觉得自己正深深地爱着她。瓦伊亚吉一直将精力集中在部族的教育事业上，从未对女人发生过任何兴趣，可他现在竟然热恋着她，这一点连他自己也感到惊讶。他们难得有机会在一起，但每次见到她，瓦伊亚吉总觉得心中有千言万语要向她诉说。但他又担心这样会引起她的反感，甚至还有可能遭到耻笑。不，没必要去冒这个险。他总觉得他们之间存在着一道又深又宽的鸿沟，因此每当他站在妮娅姆布拉跟前时，他总觉得自己太无知了。

瓦伊亚吉离开家，朝远离会场的方向走去，走过一段路后，他又向左拐向霍尼亚河畔，一群男女熙熙攘攘地从他身边匆匆走过，他们是赶去卡梅奴参加会议的。他来到了霍尼亚河边，往右沿着河畔心不在焉地往前走着。太阳刚刚露出树梢，柔和的阳光给河边的树木投下了一道道长长的影子，在水面上不断地晃荡，参差交错。霍尼亚河的水静静地流淌。瓦伊亚吉慢慢地朝着一个什么地方走去。他突然停住脚步，心激烈地跳动起来，因为他看见了妮娅姆布拉。

妮娅姆布拉愁思满怀，一天天地和爸爸一起过日子，这简直成了她的一种沉重的精神负担。她的心一直很不平静，她觉得家里没有任何东西能使她得到安慰，只有当她回忆和瓦伊亚吉在一起的情景时，她的心才感到轻松和宽慰；随着时光的流逝，她越来越难摆脱对瓦伊亚吉的无穷思念。她为他的荣誉而感到自豪，她常常以为她也能分享这份荣誉。她心里暗暗地维护它，对它抱着希望，好像这一切荣誉也是属于她的。就像对穆索妮的名字那样，对瓦伊亚吉的名字，她也从来没有在家里提起过。但她无时无刻不在渴望见到他，听到他的声音。他们虽曾几次相见，都是偶然的相遇。他们为什么不能自由地约会呢？她为什么不可以随意找他呢？日复一日，约苏亚那种清教徒的生活方式使她感到厌烦。是不是她也想叛教呢？不，决不会，她不会像妹妹那样蛮干。她明白，她心里需要有一位上帝，以便赐予她充实的生活，宽慰她不平静的心灵。因此，基督成了她的精神寄托。基督怜爱所有的人，为此他被钉在十字架上；临终前，他神情悲伤，眼里闪耀着怜悯的光芒。她多么希望能俯身在耶稣脚下，替他洗净和包扎好他身上的累累伤痕。她羡慕马利亚，因为马利亚曾有幸在耶稣高贵的脚上涂过油。她为他祈祷，祈求他永远不要离开她。但这一切依然未能宽慰她的心。她需要的是有灵有肉、看得见摸得着的人，以便对他诉说心中的哀情，而不是早已死去的基督，因为她只能和基督的灵魂说话。如果她能经常见到瓦伊亚吉，而且能和他亲近地待在一起，那么这个基督对她才会有更大的意义。瓦伊亚吉已经成了不负众望的人物，但他却站在离她远远的另一边，好像有一道又宽又深的鸿沟将他们隔开，这种状况也许要永远继续下去。对此，她认为基督永远帮助不了她。只有当瓦伊亚吉和她在一

起，让她摸得到、感觉得到，听得到她倾诉的时候，死去的耶
稣①对她才有真正的意义。只有瓦伊亚吉才能拯救她，瓦伊亚
吉才是她的救世主，才是她唯一可信赖的、能将她引向光明的
黑色弥赛亚。

穆索妮曾说她见到过耶稣。她是将部族的传统与对耶稣的
信仰紧密结合起来以后达到这种境界的，她是在痛苦的折磨中
见到耶稣的。她已经行过割礼，以致她可以说她已经是个真正
的女人。妮娅姆布拉也想使自己变得完美无缺，但她希望能在
听到瓦伊亚吉跟她这样说过以后才这样去做。如果瓦伊亚吉能
站在她跟前，她就能见到耶稣。

妮娅姆布拉心里一直拿不准，她不知道对瓦伊亚吉的这种
感情是不是爱情。她曾暗暗告诉自己，这不是爱情，因为她自
觉她对他还没有达到她爱母亲和穆索妮的那种程度。但她心里
总思念着他，将他当做唯一可以信赖的人。一旦天崩地裂，她
一定会首先紧紧地抱住他。

有时她暗暗地哭泣，祈求上帝宽恕她。她要永远忠于爸
爸。无论如何，她觉得瓦伊亚吉离她太远了。他是老师，是一
位大人物。他的兴趣在于使所有的孩子都能上学。此外还有什

---

① 指她妹妹穆索妮。

么呢？像他这样一个为大事忙碌的人，还能想到她吗？像他这样的人，能和一个没有行过割礼的、父亲又是另一派领导人的姑娘来往吗？这些问题乱麻似的纠缠在一起，使她一筹莫展时，她只好祷告。她觉得忠于爸爸，老老实实地和他生活在一起，要比在沉沉的黑夜中冒险好一些。

她从来不像现在这样心灰意冷，萎靡不振。每天上教堂成了她的沉重负担，尤其和父亲一起去更是这样。因此她常常喜欢一个人留在后头，慢慢地走，有意磨蹭。有时走在半道就干脆不去了，改道霍尼亚河畔，一个人站在树木葱茏的河边，望着静静流着的河水，她的心神会变得宁静一些。她还常常喜欢面对霍尼亚河，默默地向上帝祈祷或者追忆妹妹的往昔。

今天，她惴惴不安，十分沮丧，总想先到经常走过的地方去走一走，然后才去参加会议。她来到了河边，凝视着无情流去的河水，骤然悲从中起，她跪了下来，开始虔诚地祷告，祈求上帝能给予她安宁和日夜渴望的光明。

这种突然出现的令人兴奋的场面使瓦伊亚吉大吃一惊。他不敢贸然走上前去，只是远远地倚树站立，凝视着这梦幻般的情景。妮娅姆布拉就在河对岸灌木丛环抱的空地上。这片圣林，爸爸曾在这里揭示过古代预言的秘密，瓦伊亚吉也说不清楚它为什么会给他留下如此深刻的印象。现在，妮娅姆布拉待过的这个地方也显得如此圣洁。妮娅姆布拉仰起忧郁的脸，看了看什么。瓦伊亚吉目不转睛地注视着她，此时，他怀着拥有她的强烈欲望，悄悄地往前走了几步，清楚地看见她跪在地上，好像是在祷告。瓦伊亚吉顿觉飘然，神魂颠倒；他看见这个窈窕淑女身上好像射出一种神圣的光。她所跪的地方距离他以前行割礼的地方只有几步。在他的眼里，那块地方将永远如此圣洁！那是他曾用鲜血染红了的地方，行割礼时，一滴滴鲜血往下淌，好像在劝慰那些发怒的神灵。他发现妮娅姆布拉正在祷告时，就感到无比的惊讶，心中油然产生了一种恐怖感，觉得自己和她站在一起，好像摆在祭坛上的祭品。

令人毛骨悚然的恐怖气氛笼罩着眼前的一切，瓦伊亚吉觉得此地过于冷清，不可久留，就想立即离去。这样就见不到她了。不，会见到的。但不是今天，现在需要的是赶紧离开这里，躲开她。他正面临着超乎他的能力和意志的挑战。他觉得妮娅姆布拉离他很远，远远地站在他的另一边。他蹒跚地走了两步，想悄悄地离开这里，可是脚踩在干草和落叶上所发出的沙沙声出卖了他。妮娅姆布拉猛然抬起头，朝这边看，瓦伊亚吉停住脚步望着她，两人目光遇到一起，虽然无言，但却好像彼此谈了许多没有说出的话。她依然跪着，神情突然变得有些紧张。瓦伊亚吉也局促不安地再度准备离开这里，满脸惊惧，好像生怕妮娅姆布拉的眼光会杀害他。他想尽快摆脱她在这个祭坛上施加给他的无形的压力。妮娅姆布拉感情的冲动打破了这种僵局，她强作镇静地开口了，话语中带着挑战的口气。

"别走呀，老师。"她说。

瓦伊亚吉突然觉得全身热血沸腾，心中骤然产生了一种强烈的欲望。她真的叫他"老师"了，这是约苏亚的信徒从来没有过的。她是不是在讥讽他呢？瓦伊亚吉懵懵然，无言以对，呆呆地等着她说下去。

"你要上哪儿去？"她一边蹚水过河，一边扯开嗓门问他。瓦伊亚吉惊惶失措，不知如何回答才好。他原想走一走，找一个隐蔽的地方看他们开会，这样也许能看到妮娅姆布拉。

"我随便走走。我喜欢霍尼亚河，喜欢这里的一草一木。"他说话间，妮娅姆布拉来到了他跟前。

"我要去参加会议。"她说，瓦伊亚吉突然发现她满脸泪痕。

"我以为你已经在会场上了，现在见到你，我感到很突然。"

"我……我只是路过这里。"她的神色微微有点紧张，过了一会儿，她微笑着说，"我也喜欢这条河，喜欢这里的一草一木。这里是我最喜欢的地方。"

"你经常到这里来吗？"

"我喜欢到这里来走走，但不经常来。"

瓦伊亚吉没吭声，两人各自沉思默想，两颗心在激烈地跳动。瓦伊亚吉脸上发烧，全身火辣辣的。

　　"我妹妹就是在这里举行割礼的。"妮娅姆布拉出其不意地说。她的话将瓦伊亚吉的心刺得发疼。

　　"你依然惦记着她……？"

　　"我怎会忘了她呢？我喜欢她。"

　　"你们家就只有你们姐妹俩吗？"

　　"是的。可是现在就只剩下我自己了。"

　　"我也是，我的姐妹们都出嫁了，我最喜欢的小妹妹很早以前就离开了人世，当时我还小，那时候……"

　　妮娅姆布拉为他们能彼此交谈心里话而感到非常兴奋。可是瓦伊亚吉再也没有往下说了。他不知道下面该说什么才好。周围的空气变得稍有点僵。

　　"你开会要迟到了。"

　　她没有反应。过了一会儿，她轻轻地自言自语："她很聪明，很勇敢，你还记得她吗？"

　　"是的，我经常想起她……"瓦伊亚吉接过她的话，回答说。

　　"她最后的那些话……"

　　"是的……"

妮娅姆布拉的话激起了瓦伊亚吉对往事的回忆，他想起了那天他们一起抬着穆索妮去西里安纳的情景，当时他虽然身体很虚弱，但她的眼睛依然闪闪发光。他还记起了她临终前的话："告诉妮娅姆布拉，我见到了耶稣。"现在，这一切就像在他眼前。他看得清清楚楚，还隐约看见她在极度痛苦中挣扎。瓦伊亚吉认为，穆索妮生前一直有一个奋斗目标，正是这个目标充实了她的心灵，使她能够忍受一切。实际上，她是想为自己闯出一条路子，在人世间寻找一个合适的立足之地。那么，她后来的立足点又在哪儿呢？这一切顿时又勾起了他对穆索妮的无穷思念，几乎同时，心中又萌发出一种强烈的欲望。他两眼多情地注视着妮娅姆布拉，在朦胧中，妮娅姆布拉慢慢变成了穆索妮，眼前的情景就像当年举行割礼的前夕他与穆索妮约会的那个夜晚……他身不由己地朝妮娅姆布拉靠近了一步，如痴如醉地站在她跟前，心在激烈地跳动，每根神经都处于异常的兴奋之中，他禁不住猛然走上前去，紧紧地抓住妮娅姆布拉的右手，轻轻地说："妮娅姆布拉，我爱你。"

轻声细语含着万吨浓烈的感情。妮娅姆布拉发现他的眼睛闪耀着兴奋的光芒。她犹如置身于梦幻之中，不敢相信自己的耳朵。如果他真的说爱她，那就太好了，她真想一头投进他的怀抱，但是她不敢。她心里突然感到极度的难过，但不知道这种感情突然从何而来，止不住的两道泪水像断了线的珠子顺着绯红的双颊不断地往下淌。瓦伊亚吉激动地紧紧捏着她的手，她也用左手紧紧地抓住瓦伊亚吉的肩膀。蓦然，世界仿佛浓缩了，瓦伊亚吉觉得天旋地转，好像马上就会倒下去似的，突然向她伸开双臂，将她紧紧地搂在怀里。妮娅姆布拉泪如泉涌，顺从地依偎在这个唯一能将她从痛苦中解救出来的人怀里，默默地享受着这一瞬间的幸福。瓦伊亚吉心满意足地想道，他已经如愿以偿了。

"你愿意我娶你吗？"他温存地问她。

妮娅姆布拉紧贴着他那宽阔的胸膛，想说："愿意。"这是她日夜盼望的，这时要这样做是轻而易举的，只要嘴唇轻轻一动就说出来了。但她没有这样做。她慢慢恢复了理智，突然推开他，神情严肃地伫立着，再也没哭。

"告诉我，啊，快告诉我。"瓦伊亚吉怀着希望，又有些担心，用颤抖的声音向她哀求说。彼此之间又出现一阵沉默。

"不。"她胆怯地低声回答说。

她极力控制着自己，最后不得已才这样说的。她心里明白她爱他，但结婚是绝对不可能的，除非她像穆索妮那样叛教。然而，起码现在她还不想这样做。瓦伊亚吉心里极端难过。

"为什么？难道你不爱我？"

"不，不，我爱你，"她心里暗暗回答说，"难道你不知道我们不可能结合吗？"然后，她大声对瓦伊亚吉说："爸爸是不会同意的，我也不可能违背他的意愿。他已经听说我们曾经约会过。"

瓦伊亚吉闷声不响地侧脸看着旁边。妮娅姆布拉默默地站着，泪如泉涌，如果再这样下去，她就要放声大哭了。因此，还是马上分开的好。但她做不到，因为她需要他，如果就这样分开，她会多么痛苦。她往后退了几步，惶惶然望着瓦伊亚吉，美丽的眼睛射出炽烈而忧伤的光芒。她认为她必须走了。

"妮娅姆布拉！妮娅姆布拉！"啊，她走了。他还有什么话要对她说呢？他神志恍惚，蹒跚地朝家里走去，周围的一切模模糊糊，什么也看不见；他的脑子嗡嗡直响，神经麻木。他觉得世上的事都很无聊。

卡马乌从刚才躲藏的地方走了出来。他怒气冲天，怨恨至极，刚才发生的一切对他来说是多么痛苦的折磨。对瓦伊亚吉旧日的怨恨，一时又浮上心头。他没有忘记瓦伊亚吉曾在那次会议上使他当众丢脸，更没有忘记从那以后心中留下的创伤。因此，他恨透了瓦伊亚吉。现在，瓦伊亚吉作为一位老师，已在人们心目中占有重要的位置。有些人还认为他是山里的救世主。好吧，就让他当他们的老师吧，就让他当他们的救世主吧，卡马乌是绝不会承认他的。他父亲受到瓦伊亚吉那样的污辱，他在爱情上又遭到如此的打击，他卡马乌就能如此视若无睹，承认失败吗？不，他卡马乌爱妮娅姆布拉。他经常在马库尤转来转去，就是希望有一天能碰上她，向她表白自己对她的爱慕之心。然而他一直没有机会。今天本来是一个极好的机会，他准备见到了她，就将心中的爱情全部奉献给她。他坚信妮娅姆布拉一定会同意和他一起私自逃往内罗毕的。可是看来一切都完了，突然冒出了这个可恨的家伙。卡马乌忍耐着性子等他离开，可他就是不走，后来他们竟然热烈地拥抱起来，这使他悲痛难忍，怅然若失。今天他终于亲眼证实了他过去一直存在的担心。现在，瓦伊亚吉跟他已经成了势不两立的对手。

第二十章

瓦伊亚吉跋山涉水，走过一道道山梁，踏遍山里的每一个角落，一次次地找各村的长老共商办学大计。长老们也常登门拜访，络绎不绝。他那无尽的热情和充满信心的眼神常常使人们受到莫大的安慰和鼓舞。他心目中的上帝——教育在不断地指引着他；给他光明和力量，使他战胜了无数挫折和艰难险阻，给他信心和勇气，指引着他跨过坎坷的丘陵和险峻的山崖，穿越茂密的林莽和寂静的荒原，度过无数孤寂的沉沉黑夜。他还来不及细细想过，这样做的最终目的是什么，教育是不是真的能满足他的欲望。但是，如果有人突然对他提出这个问题，他一定会大声地回答说：联合起来，兴办更多的学校。

现在，他的燃眉之急是设法解决新建学校所需的老师的问题。为此，他已想过许多办法。看来，只有从西里安纳才能得到胜任教育职务的人才。他匆匆来到了西里安纳附近的一道山梁，在那里找到了一些在西里安纳学校上学的高年级学生，在和他们的交谈中，他尽力说服他们为山里的教育出力。最后，他们表示赞成，并要求他在圣诞节前再来一趟，以作最后的安排。

在山区里，吉亚马的势力越来越大，人民不愿看到部族的灭亡，因此愿意跟着吉亚马走。吉亚马的宗旨是为夺回白人移民、教会和政府当局强占的土地而斗争。以卡波尼为首这一派的人，也来回奔忙于各山梁之间，让人们发誓信守部族的纯洁。人们知道他们的老师①也举行过这样的宣誓，也曾是吉亚马的领导人之一，起码在他辞职以前是这样。因此谁也不敢不举行宣誓，宣誓以后，也就不再会出卖部族了。

宿怨和对抗依然继续存在，甚至不断向其他山梁蔓延。约苏亚的大本营在马库尤。卡梅奴看来则是部族传统势力的中心，老师就是卡梅奴人。瓦伊亚吉不想加入哪一派，他的热情和兴趣在于使对立的两派联合起来。可是，自从基督教徒们召开两次大会以后，形势变得更加令人不安。两派都各自比过去更加自信和狂妄。约苏亚布道时更加神气活现，教徒们甚至公开挑衅地对着异教徒唱圣歌。约苏亚已被公认为部族的敌人，因为他同西里安纳教会和白人移民站在一起。据说，早期来的教士

①　指瓦伊亚吉。

166

们其实是派来为白人移民开道的，因此，以后越来越多的白人来到这块土地上，并大量涌进内陆腹地。然后还来了印度商人，他们也在这里落了脚，而且生意兴隆。

未能说服大家为部族的联合而努力，瓦伊亚吉越来越觉得这完全是他自己的罪过。他本来已经得到了机会，可是由于不冷静、焦急以及卡波尼的原因，他失去了这个有各道山梁的人参加的并且可能听从他的极好机会。这种机会还会有吗？他要耐心等待能够说服大家为联合、谅解和团结而努力的另一次机会的到来。到时候他的目的就达到了，他的启蒙教育的使命也就完成了。明年初将要召开另一次家长会议，到时候他一定要将自己的一切想法和盘托出，一定不要再失去这样的机会。

瓦伊亚吉为山里的教育整天忙碌。然而同时，对他的非难和流言蜚语也越来越多。尽管如此，他的心却很坦然，因为每到一处，无论男女老少，人人都面带笑容，和他亲切地握手问候。他为自己能辞去吉亚马的职务而感到高兴，因为他不能同时既参加吉亚马的活动，又忙于教育委员会的事务。

他经常惦念妮娅姆布拉，想起她拒绝他的要求，心里就感到极端的痛苦。他常常吹口哨，想借此消除心中的痛苦；但是办不到，只有在他将心思完全投进工作时，他才会觉得轻松些。

基奴西阿放学后悄悄来找他。

"我想找你聊聊。"

"你今天为什么要装得那样一本正经！"

"请不要见怪，"基奴西阿恳切地说，"因为我觉得事情很严重。"

"什么事那样严重？"

"我听到的是真的吗？"

"你还没有告诉我你听到了什么，我怎么知道呢？"瓦伊亚吉感到他心里一定有什么压力，才如此焦虑不安。

"你……啊……"基奴西阿欲言又止。他默默地站着。校园里一片静谧，孩子们已经放学回家了，卡马乌和另一位从玛丽奥索尼学校新调来的老师也走了。

瓦伊亚吉说："我在等你说下去呢。"

"听说你已经成了约苏亚的信徒了？"

"我？谁说的？"

"我也说不准是谁说的，也许是开玩笑，或者是谣传，但愿如此。你知道，我们周围的人喜欢听小道消息，有些人还专门爱传播小道消息，这里讲讲，那里说说，添枝加叶，说他们在约苏亚的教堂里多次看到你。"

"我确实去过那里，但这有什么过错呢？"

"不仅如此，甚至还有人说，几个月前你还到西里安纳去过，和白人进行长时间的谈话，说你要出卖我们的人民。"

瓦伊亚吉放声大笑。他认为没有必要把这些事看得如此严重，这一切全不可信，纯属谣传。他确实也去过西里安那边，但他是去找附近一带的青年人谈谈，想说服他们到山区的学校来任教。

"再说下去。"瓦伊亚吉说。

"那么……"基奴西阿声音有点异样。瓦伊亚吉抬起头来望着远方。

"我们到草地上去坐一会儿吧。"

他俩默默地来到学校前面的一块草地上，坐了下来。

"听说你想向约苏亚的女儿求婚，是真的吗？"基奴西阿刚坐下就问他。

瓦伊亚吉差点跳了起来，基奴西阿的发问使他感到惊讶。自从那天分手以后，他再也没有见到妮娅姆布拉。他凝神思索，妮娅姆布拉拒绝他时的情景又出现在眼前。这简直是天大的笑话！其实她早已拒绝了他，可是直至今天人们还在大谈他们的恋爱。

基奴西阿激动地说："当心，瓦伊亚吉！你要知道人们都看着你，你是部族的象征，人们尊敬你，崇拜你。因为你很忙，大概你还不知道人们是如何以你的名义宣誓的，人们以老师和部族的纯洁的名义宣誓。记住，卡波尼他恨你。如果他能做到的话，他恨不得将你杀掉。造谣就有他一份。为什么呢？因为吉亚马有势力，而你又在里面挂了名，这就增强了它的威望。卡波尼要毁坏你的名誉，你要当心……"

基奴西阿用同情和不安的眼光看着瓦伊亚吉。瓦伊亚吉将一只手搁在他的肩膀上，看着他诡谲地笑了笑。

"你说得都对。其实她不会和我结婚。他们那些人别想从这儿捞到什么。"

"他们之中有许多年轻人，我都认识，他们都忠实于卡波尼，都曾为维护部族的纯洁和惩罚叛教者而盟过誓。"

"我告诉你，她是不会和我结婚的。"

"所以他们说的是真的？"

"什么？"

"也就是说你是愿意的？"

"你听我说，基奴西阿，她不会同意的。"

数周以后，瓦伊亚吉抽空去拜访一位长者，长者是卡波尼的知交。在和他的交谈中，老人喋喋不休地赞扬瓦伊亚吉的父亲和祖父是如何坚强勇敢。最后还对他说，这两位前辈从未背叛过部族。瓦伊亚吉高兴地回到家里，他为前辈那样有骨气而感到自豪。

可是一到夜里，当他躺在床上回想起白天发生的事情时，他就恍然大悟，觉得老人原来是在向他暗暗提出警告。是不是老人的警告与基奴西阿告诉他的消息有什么内在联系呢？他越想越觉得事出有因。

圣诞节临近了，这是一年中最热闹的季节，部族里要举行传统仪式，开展各种各样的活动。瓦伊亚吉没有像往年那样参加各种活动，因为他实在太忙了。各个学校的老师和各村的老少都带着不同的问题不断来找他，他忙于帮助他们解决各种各样的问题。这样一来，他就失去了本来可以通过各种活动接触群众的极好机会，学校的事务、日益加深的鸿沟和分裂等一系列问题日益缠住了他，使他难以脱身。

意外的事情发生了，事情本身使山里的人感到惊讶，因为这是山里从未发生过的事。约苏亚的一个新信徒家着了火，虽然人没烧伤，但家里的一切全部付之一炬。瓦伊亚吉虽然还不清楚着火的原由，但他觉得火灾与吉亚马有关。是不是卡波尼想毁掉与他作对的人的一切呢？

他思绪万千，觉得事情本身比想象的还要深奥和费解。突然他又想道，他原不应该辞去吉亚马的职务，因为现在吉亚马的势力和影响已经遍及山里各个角落。

第二十一章

做完礼拜，妮娅姆布拉离开教堂匆匆回家。这已经成为习惯，因为她每天要在父亲回家以前做好饭。今天家里来了客人，她忙碌了一阵子，给父亲和客人端上饭以后，怏怏不乐地走出家门。

她心灵麻木，不知所措。现在，她比以前更希望安静，喜欢一个人静静地待着。自从拒绝了瓦伊亚吉的求婚，她的心一天也没有平静过。表面上她像往常那样干着家务，若无其事，其实心里就像坠着一块铅饼那样难受。她变得容易激动，常常对父亲流露出不满情绪。她日夜情思萦逐，渴望再与瓦伊亚吉相会，再次偎依在他怀里享受那甜蜜的爱。她常暗暗祷告，希望瓦伊亚吉来找她，像过去那样爱她，将她从痛苦和烦恼中解救出来。这一切几乎都已经发生过了，他爱她，可是她却拒绝了他。正因为这样，她常常觉得茫然若失，心里痛苦难言。瓦伊亚吉能理解她的这种心情吗？她还能见到他吗？她真担心再也见不到他了。

当时，她为什么要说"不"，而不痛痛快快地说"行"呢？她爱他，她需要他，只有他才是她的救世主。可是当他就要属于她的时候，她却怕他，躲开了他。对她来说，背离父亲的意愿是困难的，父亲经常在她身旁，虎视眈眈地站在她背后，压力和良心给她指出了她不愿意走的唯一的道路。现在她想背叛父亲，穆索妮就是这样做的，但她还没有妹妹的那种胆量。为此，她的头脑里一直在反复地斗争。有时，她想主动去找瓦伊亚吉，她要在他的怀里悄悄地对他说："我爱你，瓦伊亚吉。"有时她却自怨自艾，断然放弃这种想法，继而又为自己忠于父亲而感到自豪。她说不准约苏亚是否已经听到人家说她和瓦伊亚吉约会的消息。她自己也不知道为什么要对瓦伊亚吉撒谎说："爸爸已经知道我们见面……"然而，她又确信这不是撒谎。她常常觉得约苏亚已经知道了这件事。这也许就是约苏亚要如此留意她的原因；而且他突然改变了布道的内容，常常说：一定要警惕异教徒，尤其是有高深学问的人。这也许就是对她和别人的警告。此外，在她与瓦伊亚吉见面的前几天，妈妈有一次私下对她说："瓦伊亚吉是一个好青年，但人们会说闲话的，你要知道，我们这个家再也受不了别的刺激，我自己更受不了，不要在穆索妮之后又……"这时邻居大嫂正好找她们，因此妮娅姆布拉没来得及听妈妈把话说完。

妮娅姆布拉知道妈妈喜欢瓦伊亚吉。米莉阿姆没有忘记的是，瓦伊亚吉最关心和同情穆索妮，是他送穆索妮上医院的。每天晚上她都向基督祷告，祈求瓦伊亚吉得到解脱，站到她们这边来。

妮娅姆布拉像往常那样来到霍尼亚河畔，她越走近她熟悉的那片丛林，她的心就跳得越厉害。就是在那里，在那片丛林里，她曾幸福地投入他的怀抱；也正是在那里，她听见他亲口对她说他爱她。她想，他也许还会在那里等着她。她过了河，匆匆朝丛林走去。她满怀着希望，心里默默地祷告，希望瓦伊亚吉能在那里，一见到他，她要马上告诉他，现在她准备和他结婚，和他在一起，永不分离。

尽管妮娅姆布拉心里明白，他是不会在那里的，不过没有关系，走过去看看；自从那天他们分手以后，她自己也没来过这里。当她看到他真的不在时，心里却感到极端的难过。虽则这一切是可笑的、毫无道理的，但她依然暗暗指责瓦伊亚吉失信。为什么不来，按理他是应该来这里找她的，他必须来。现在她的心里苦恼伴随着失望，她开始恨他。其实她却在心里谴责自己为什么拒绝他。

她回到河对岸，在她平时喜欢的一块地方坐了下来，左边是一片开阔地，是过去行割礼的青年们流过鲜血的地方。穆索妮在行割礼前的那天早晨也来过这里。妮娅姆布拉思潮翻滚，心里很不平静，霍尼亚河再也不能像往常那样使她得到安慰了。

夕阳西坠，林鸟归山，暮霭轻轻地飘落下来，妮娅姆布拉离开河边，朝家里走去。她回到家时，看见父亲正站在门口。她不喜欢父亲总是用那种多疑的眼光看她，一定又有什么不测要临到她头上了。约苏亚的脸铁青，沉默地看着她进了屋。在屋里的妈妈见到她进来也没有吭声。父亲随后跟了进来。

"你到哪儿去了？"他怒气冲冲地问她。她神色紧张地望着父亲。

"河边去了。"

"和谁在一起？"

"只有我自己，爸爸。"她的双腿在微微颤抖。她去河边是想见到救世主驾着祥云，突然从天而降，来搭救她。没有想到瓦伊亚吉却没有来。对父亲的无限顺从，看来已经使她失去了瓦伊亚吉。

"没有别人？"

"是的。"

"你撒谎，撒谎！"

"只有我一个人，爸爸。"她辩解说。

"你别以为我是瞎子，也别以为我没有听说。如果我再听说你和那个年轻的魔鬼在一起，你就别想踏进我这个家的门。"

"只有我自己一个人。"她大声叫喊，差点要哭了。

"如果你再和他在一起，我就告诉你——难道他们给我们家造的孽还不够吗？难道你不知道他们的人烧掉了我们上帝信徒的房子吗？"

"但是……"

"等一等，你听我说，如果你再和他在一起，就等着瞧！"他恶狠狠地说。

屋里笼罩着恐怖的气氛。妮娅姆布拉陷入沉思。这就是她平时对父亲百依百顺所得到的报应，正是这样使她失去了心里爱慕的人，失去了一个能使她从痛苦中解脱出来的人。这天夜里她躺在床上辗转难眠，整整哭了一夜，她祈求上帝让她永远离开这个人世。

第二十二章

现在，瓦伊亚吉已经誉满山区，山里到处都可听见赞颂他的歌声。他已经从其他地方给山里的学校调来了老师，孩子们已经开始饮到这些新井的甘泉，以解求知之渴。无论如何，有了学校就必须有老师，没有老师怎么行呢？这是那次家长会议以来大家担心的问题。尽管大家相信瓦伊亚吉的办事能力，但还是有人对此表示怀疑。要老师，只能到西里安纳去找，然而要想在教会严格控制下的西里安纳找到老师，谈何容易。可是瓦伊亚吉却成功了。

基奴西阿对瓦伊亚吉的崇拜几乎到了五体投地的地步，他甘愿永远在他手下工作。他常常在长老们面前称赞他不是凡人。长老们也常意味深长地连连点头表示赞许，因为他们知道瓦伊亚吉是查格的儿子，而查格是一个非同凡响的伟人，他年轻时就已预见到一些人无法理解的怪事。基奴西阿对吉亚马提出的"立即行动起来"的政治口号坚信不疑，他和卡波尼看法一致，都认为应该立即起来对付白人。这就是他一个劲地赞扬卡波尼和吉亚马的原因。同时，他也完全赞同瓦伊亚吉的要耐心等待、要让更多的人接受高等教育的想法。瓦伊亚吉一谈到理想，声音常常柔中带刚，蕴藏着一种难以抗拒的力量，就连眼神也饱含着巨大的威力。因此，基奴西阿怎么可能对他的想法表示反对呢？他深知瓦伊亚吉对目标矢志不渝，他有些怕他，因为他没有将他所知道的卡波尼一些人的内幕告诉他，比如说，卡波尼憎恨瓦伊亚吉，对瓦伊亚吉的憎恨已经成了卡波尼的一种使命，这种使命又成了卡波尼强有力的政治支柱和实现山区自由的理想的组成部分。

瓦伊亚吉第二次从西里安纳回来，向学校委员会报告已经找到了老师的好消息时，基奴西阿感到异常兴奋和自豪。后来，他和瓦伊亚吉走在一起时，甚至还觉得自己太无能、太渺小。

"他们都来自吉阿姆布吗？"

"不！有些来自卡贝特，有些来自穆朗加，有些则来自内罗毕，他们不满意西里安纳，都愿为吉库尤独立办学校助一臂之力。"

基奴西阿和瓦伊亚吉沿着霍尼亚河畔默默地徘徊。瓦伊亚吉沉浸在幸福和喜悦之中，因为他受到长老们的热情赞扬。基奴西阿望着瓦伊亚吉那张笑眯眯的脸说："我们一定要让他们参加明年的家长代表大会。"

"是，是的，我们一定要让他们参加。"瓦伊亚吉频频点头，突然转向基奴西阿说："我们要建设山区、发展山区，我们要充分发挥人们的积极性，要兴办更多的学校……还要创办一所高等学校……"

瓦伊亚吉的话和说话时的表情深深地打动了基奴西阿的心，他觉得瓦伊亚吉对事业满腔热情，充满信心。但是基奴西阿又暗暗问自己，瓦伊亚吉究竟知不知道人们现在所需要的是起来对付白人；知不知道人们更热衷于对白人采取实际行动，而不仅仅是教育？人民要前进，但是，如果土地还被白人占领着，孩子们还被迫在白人的农场里干苦活，村民们还要继续缴纳房租，那么前进的愿望就不可能实现。他不想和瓦伊亚吉谈这些，现在不是时候，但总有一天他会将全部想法告诉他的。他相信瓦伊亚吉不仅是人民最好的领导人，也是吉亚马的最合适的带头人。他不仅能通过教育给人民带来光明，而且能通过政治上的独立给人民带来自由平等以及畅所欲言的权利。现在，他的精神已经成了吉亚马和卡波尼的权力支柱。这一点瓦伊亚吉知道吗？由于兴奋，瓦伊亚吉两眼熠熠闪光。基奴西阿望着他，心里想道，瓦伊亚吉会不会被他的理想的初步胜利冲昏头脑，而看不见眼前的一切呢？不会的，他相信他，愿意和他一起为实现理想而共同努力。

然而，基奴西阿不了解瓦伊亚吉理想的全部含义，也不知道为实现这种理想所应做的努力。确实，如果你灵魂深处的黑暗中未曾发生疑虑与恐惧的激烈斗争；如果你未曾对希望和成功突然失去信心，或者由于失望孤独地徘徊在乡间小道上，你怎么可能理解他的理想的全部含义呢？

两天后的一个晚上，瓦伊亚吉精疲力尽地躺在床上，突然觉得在他周围、在他前进的道路上潜伏着无数厄运，这些厄运准备随时向他猛扑过来，毁灭他的一切，使他前功尽弃。这种感觉一直在脑海里萦回，久久不愿离去，使他沮丧失望、疲惫不堪。自从村中发生火灾以后，他思绪万千，日夜思索着山里所发生的一切。他盼望明年的家长会议早日到来，他要在会上说服大家联合起来；然而，联合起来干什么呢？

瓦伊亚吉觉得，白人的教育如果能好好加以利用，就可成为山里启蒙教育和进步的工具。他回想起父亲生前，有一次曾和他站在一个小山顶上，放眼脚下的国土，感情激动地对他说：

"学会人类的一切聪明才智，了解白人的一切秘密。但应注意千万不要上白人的当。"

这就是山区人民赋予他的使命吗？他要将这些话毫无保留

地告诉大家。实际上他早已说过了，今天他还要再说：孩子们必须读书学习。

"在人民最需要的时刻，终会有一个人站出来拯救他们的。"

难道他就是父亲所说的救世主？他应如何去拯救人民呢？查格已经将这个历史的重任交给了他。但是，救世主应该是一个能够主宰乾坤、改天换地，一夜之间创奇迹的英雄豪杰。这些他能做到吗？至今他又做了些什么呢？

他盼望能有机会为理想大声疾呼。他要号召人民——联合起来！这个机会就在明年初……

慢慢地，他觉得眼前朦朦胧胧，神思飞越，飘飘然开始云游四方，他觉得他的理想变成了一束光，照亮了他的心，照亮了灵魂深处黑暗的角落。他看到了一个歌舞升平的世界：人们互相信任，和睦相处，同甘共苦，患难与共；人们的心伴随着霍尼亚河悠悠的流水在不停地跳动。孩子们在河边追逐嬉闹，泼水玩耍，溅起的水花落在河边树荫下的父母身上，父母们对孩子们呼喊，乐在心头，喜在眉梢。鸟儿们不时从这棵树梢飞到另一棵树梢，唱着欢快的歌儿，就连远处山林中的野兽也被鸟儿们委婉动人的歌声吸引住了，它们一个个驻足静听……妮娅姆布拉正站在人们中间，和长老们高兴地说话，孩子们向她围拢过来，飞禽走兽好奇地侧耳聆听。一曲美妙的乐曲拨动了人们的心弦，它以无限优美的旋律歌颂着人们向往的美好的未来。妮娅姆布拉正在指挥人们唱歌；她情绪激昂，水灵灵的双眼放着异彩。瓦伊亚吉想伸手触摸她那微微颤动的柔软的身躯。可是几乎与此同时他突然发现，在她四周有无数只手，其中包括约苏亚的手，正在朝她伸过来。他简直被这突然出现的情形惊呆了，他怔怔地站着，心里直打寒噤。他眼看着她身上的衣服被人们撕成碎片，她被当作祭奠霍尼亚河神的供品。在这条日夜长流不息、充满生机的河流之畔，人们利用部族的传统仪式肆意地凌辱她。瓦伊亚吉也走上前去和人们一起撕扯她的衣服。她又羞又窘地站着，没有吭声，因为她已经成了哑巴。后来瓦伊亚吉发现她不是妮娅姆布拉，而是穆索妮。当穆索妮被人抬着扔进河里时还大声叫喊："现在我已经成了一个真正的女人！"咆哮的河水淹没了她的喊声，将她卷进了无底的深渊。瓦伊亚吉心里在低低地抽泣，他明白她已经不在了，她走了。人们一个个陆续离开，谁也没有吭声，大概是因为他们自觉有罪。人们从老师——瓦伊亚吉身边走过时，都侧着脸有意避开他的眼光。最后只剩下他孤孤单单的一个人了。他惶惶然地左顾右盼，犹豫不决，不知道应该去寻找穆索妮呢，还是随人群离开这里。妮娅姆布拉突然出现在他眼前，他的心豁然开朗，强烈的欲望驱散了心中的疑云，他走上前去想亲近她，但她拒绝了他。瓦伊亚吉用央求的口气对她说，那次她拒绝他的求爱时，他还亲切地拥抱过她。这次为什么还要拒绝他呢？只是因为她不想背叛父亲吗？是的，这就是唯一的原因。忠诚，正是她对父亲的这种忠诚，使他永远失去了她，永远！但他没有失望，只要他一息尚存，这种愿望就不会泯灭，并且随着时光的流逝，它反而会变得越来越强烈，直至死亡，只有死亡才是万物的归宿。他差点对她说，约苏亚带来的人撕毁了她的衣服，可是他一想到自己也是其中之一，也参加了使她难堪的部族仪式，到了嘴边的话又咽了回去。他心里骤然愁云四起，自觉有罪。周围突然变得一片漆黑，他丧魂失魄。他真想为内心的彷徨和恐怖而大声呐喊。他失望了，再也不能呼吁人民联合起来了。那就等下一次机会吧。他突然惊醒过来，不断喘着粗气，心里依然念念不忘下一次。

瓦伊亚吉从噩梦中惊醒，浑身无力地躺在床上，似睡非睡，额头上沁着汗珠，眼神惺忪，惶惶地环视着小屋四周。夜还不深，他闭上眼睛，希望能睡着。他默念着，睡吧！静静地躺着，让思绪轻轻地飘出自己的躯体。可是他的思维越来越清醒，睡意在慢慢地退去，睡梦中见到的形象太真切了，终难忘却。

他希望能够多参加部族中的一些活动，这样至少可以使他一颗憔悴的心得到一些宽慰，随时感到自己依然是部族中的一员。真是冤家路窄，一年一度的割礼季节又到了，还有一个礼拜就要举行割礼。割礼那天正好又是圣诞节。这不是对约苏亚的一种挑战吗？那天，人们随心所欲地唱歌跳舞，歌词里还加进了新的内容，没有行过割礼的姑娘是人们攻击和取笑的对象，一切肮脏的不堪入耳的语言全都对着她们，她们成了部族中最不干净的、最污秽的东西，正是她们惹怒了祖宗的神灵，总有一天祖宗的神灵会一齐下来强迫这些小灾星们行割礼，以洗净这块土地上的污浊。约苏亚和信徒们也不示弱，他们沉着应战，唱圣歌，赞美基督和基督至高无上的权力；赞美诞生在伯利恒①的神童。

瓦伊亚吉从床上坐起来，看看夜还不深，他就从屋里走出来，到了妈妈屋里。他想去找几个人聊聊，因为再过几天，他自己在心里说，再过几天，他将要在人们的生活中消失，如果失去妮娅姆布拉，并不意味着他失去为山区人民效劳的愿望。

妈妈还没有睡觉，她龟缩着坐在炉灶旁，看来比以前苍老多了，为此瓦伊亚吉觉得良心受到了谴责。他长久地站在妈妈身旁，皱着眉头，凝神思索：我很快就要结婚了，妈妈就可以有一个伴了。可他突然感到忧郁、绝望，因为他也许一辈子也

---

① 《新约》称耶稣诞生在伯利恒，故犹太教和基督教都称它为圣地。

结不了婚。他真想像举行再生礼那样，坐在慈母膝下，紧紧地倚在她怀里，享受着纯洁的母爱……当时的情景在他脑海中匆匆映现，但又匆匆消失。他开始冷静下来，不想在妈妈屋里待太长的时间，因此，他转身想离开这里。

"你上哪儿去，孩子？"妈妈头也没抬，问他。

"我出去，妈妈。"

她抬起头来凝视着他。从她忧虑的眼神可以看出她内心很不安："瓦伊亚吉。"

他神情紧张地转过脸来，心里直打哆嗦。妈妈目不转睛地看着他，用颤抖的声音对他说：

"你要娶约苏亚的女儿，这是真的吗？"

谣言！它犹如草原上的烈火迅速蔓延。这种无稽之谈使他感到恼火。妮娅姆布拉不是已经拒绝了他？她不是一直忠于父亲吗？瓦伊亚吉琢磨着应该如何向妈妈解释。他有必要告诉妈妈他爱妮娅姆布拉吗？他喜欢她，思念她，但她已经出卖了他。如果当初她答应了他，那么今天他就可以满怀信心地去应付这场挑战，就可以对任何提出这类问题的人作出响亮的回答。他恨妮娅姆布拉。她说她是在对父亲尽儿女的义务，那么他不也可以为部族尽义务吗？他父亲曾告诫过他，千万不要让白人的习惯玷污部族的传统，不要背叛部族。那么他和妮娅姆布拉来往能说是背叛部族吗？无论如何，他今后再也不可能和她在一起，再也不可能和她有任何来往了。为了不给妈妈增添烦恼，他只是淡淡地回答说："不！"

紧接着，瓦伊亚吉又开始恨自己，觉得应该将事情原原本本告诉妈妈；应该将内心的全部秘密和对妮娅姆布拉的倾慕之心全部告诉她。她是妈妈，知子莫若母，她一定会理解他，替他出主意的。正当他想张口时，到了嘴边的话又咽了回去。他默默地站着，两眼闪闪发光，情绪激动。

妈妈继续用低沉的声音说："你应知道这件事的分量，你不应该这样，要听听吉亚马的声音，它是大家的呼声，一旦大家都在低声议论你时，你能得到的只是咒骂。"

瓦伊亚吉明白，再向妈妈解释是徒劳的。她其实不理解他。在她眼里，和一位没有行过割礼的姑娘来往，不是大逆不道就是背叛。

这时有人敲门。门开处卡马乌迈步走了进来。

"你们都好吗？"

"都很好。"瓦伊亚吉暗暗庆幸卡马乌的突然出现替他解了围。

"长老和吉亚马的人们请你去。"

自从他辞去在吉亚马的职务以后，一直没有人来请过他。

他望着妈妈，好像在征求她的意见。从她那哀求的眼光中可以看出，她好像在说："别去。"瓦伊亚吉本能地觉得妈妈身体不舒服，应该留下来照顾她，但又觉得最好还是去一趟，利用这个机会和他们聊聊，必要时还可做些解释。如果要想完满地完成父亲交给他的使命，他必须尽可能和任何人合作。可是他还是不由自主地脱口而出："妈妈病了。"

"你还是去一趟的好，对你很重要，不然我就不会在这个时候来找你了。不用太长的时间，一会儿就可以回来。"

"那好吧。"瓦伊亚吉说，他说话时有意避开妈妈的眼光。

瓦伊亚吉和卡马乌一起走出家门，消失在沉沉的黑夜之中。

第二十三章

"吉亚马为什么要找我？"刚走出门口，瓦伊亚吉就问卡马乌。

"嗯，是找你。"卡马乌含糊其辞地回答说，说话的口气给人一种秘而不宣的感觉。瓦伊亚吉一边走着，一边依然惦记着家里的妈妈。他脑海中突然又浮现出睡梦里所见到的可怕的情景。夜色茫茫，伸手不见五指。瓦伊亚吉不安地环视着周围黑暗而又神秘的世界，心里不寒而栗，他觉得有一种不可捉摸的东西若即若离地尾随着他。

"天真黑。"他说。

"确实很黑。"卡马乌附和着说。他们两人从未单独在一起谈过话，除非有第三者在场，而这第三者往往就是基奴西阿。在卡马乌眼里，瓦伊亚吉就像一只贪婪的隼鹰，曾一次又一次地夺走了他差点到嘴的肥肉。瓦伊亚吉的存在就意味着他不能如愿以偿，永无出头之日。因此，他恨透了瓦伊亚吉，这种怨恨之心随着日月变换，有增无减，而且日积月累，慢慢变成一种憎恶。但卡马乌自觉势单力薄，现在还没有足够的力量与之抗衡，因此他还不敢公开和他争吵。

他们穿过很长一排土坯房舍，最后来到了卡波尼的家。周围一片漆黑，屋里灶台上那盏忽闪忽闪的小油灯透过窗户射出了一线微弱的光。瓦伊亚吉心想，他将尾随他的黑暗也带来了，带给屋里的长老们。他推门进屋，炉膛里燃烧着的柴火正在不断地驱散屋里的寒气。

"你们都好吗？"

"很好。"他们的回答冷冰冰的，而且也不像往常那样称他"老师"。

瓦伊亚吉在一张小板凳上坐了下来，心里暗暗猜测他们叫他来的意图。

卡波尼首先开口说话。瓦伊亚吉无意中看了他一眼，他老多了，脸上布满了皱纹，但两眼依然炯炯有神，说话沉着有力。他讲到山区，讲到正在准备中的割礼仪式。还说，现在山里这种古老的传统习惯已被约苏亚一伙带来的肮脏东西玷污了，穆索妮的死就是例证。

"但是我们不怕。问题在于约苏亚那种肮脏的东西已经传给了我们当中的某些人，这是潜伏在人们灵魂中极端危险的东西，它要置人于死地。"卡波尼停了下来，有意看了瓦伊亚吉一眼。瓦伊亚吉听了这些话，对吉亚马的意图心里已明白了三分，虽不知道卡波尼说话的真正含意是什么，但他已隐约猜到了。卡波尼的话使他联想到基奴西阿的规劝、长老的暗示和妈妈的发问。他暗暗想道："这一切都是在我正忙于他们孩子的教育时发生的。"他觉得与其说是在为理想而奋斗，不如说是正在嚼着一个又酸又苦的人生大苦果。听卡波尼的口气，好像他未曾当过约苏亚的信徒似的。

"事情应该这样看，"卡波尼慢条斯理地接着说。屋里的空气沉闷得使人透不过气，好像处于暴风雨即将来临或者大爆炸即将发生的前夕。"因此，他既已被污染，那么当领导当然就不太合适了，因为他将会把那种肮脏的东西传染给周围的人，甚至会一步步地传染给整个部族。这种人是危险的，他的灵魂需要净化。"

卡波尼说完，朝屋里的人环视了一遍，眼光最后落在瓦伊亚吉身上，说不准这种眼光是带着嘲笑，还是带着怨恨。

"你，我们的老师，毫无疑问，是不会忘记那个姑娘的。她叫什么名字呀？"卡波尼说话时语调带着挖苦的味道。

"哪个姑娘？"瓦伊亚吉不得已反问道："我不知道你这是什么意思。"

"就是约苏亚的女儿。她叫什么名字？对了，她叫穆索妮，她身体不干净，是你背着她上医院的，你接触过死人。你曾清洗过这些污浊吗？不见得吧。你必须净身。你不是傻瓜，也不是笨蛋，你心里明白，我们部族应该如何处理这种事情。"

瓦伊亚吉想说什么，卡波尼制止了他。

"等等，我还没有说完。这可不是开玩笑的事情。这是你给我们部族带来的灾难。后来你当了老师，家长们信任你，把孩子们交给了你，可你却辜负了家长们的希望，自从你有了地位以后，你越来越背离部族的利益，你老实告诉我们，你到约苏亚的教堂去过多少次？还有，你去西里安纳多少次？我们知道你至少去过两次，但你从来没有说过。难道你要我们相信，你是到那里去要老师的吗？你当着大家说清楚，你和约苏亚、西里安纳到底有什么勾结？你是不是想把我们出卖给白人？你看看我们的人民，他们多么盼望有一个人能站出来领导他们，将他们从被欺负、被奴役的状况中解放出来，可是你……"

"住嘴！"瓦伊亚吉怒不可遏地大喊一声。随后，他又觉得不应该对一个比他年纪大的人如此无礼。"我不明白你说的是什么意思！"他控制着自己的感情，压低声音说。他真想站起来冲着他们喊："你们愚蠢，无知！"但他懒得为他们如此大动肝火，只是愤愤然在座位上移动了两下，便不作声了。

又有一个长老说话，他就是数周前曾经暗示过他的那个老人。

"对一个有影响、有地位的人来说，背叛是最不光彩的事，人民会咒骂他的。在座的长老们，你们还记得有一个叫尼加尼拉的人吗？他曾是部族的领导人，为部族立下汗马功劳的武士。可是后来发生了什么呢？一个马赛女人勾引了他，他将部族的秘密出卖给了敌人，最后在人民的咒骂声中他滚下了台，销声匿迹了。还有一个叫瓦恩吉拉……"他一连提到好几个人的名字，这些人都是由于背叛行为而被部族人民抛弃了的。

"这就是今天向你提出警告，要你讲实话的原因。你是不是想和约苏亚的女儿结婚？如果你不把事情的真相告诉我们，我们怎能相信你，将部族的全部秘密托付给你呢？我们又怎能相信这些秘密以后不会落到白人手里呢？"

看来，他预料中的事情终于发生了，吉亚马找他的意图他全明白了。他觉得他正站在马库尤的土地上受审，他不想在这审判席上替自己辩护，但他要利用这个机会，心平气和地将心里的话说出来。

"长老们，这些道听途说的传闻，这种毫无根据的指控，我真没想到会出自你们口中。我还年轻，需要你们引导，如果我有什么过错，你们和我们的其他长辈肯定会帮助我改正。但我发现某些人不是这样，而是别有用心。我送过穆索妮上医院，当时她病重，生命危在旦夕，我不能见死不救。她行割礼不是我的主意，如果她不干净，为什么长老们没有阻止她行割礼呢？再则，她闭眼离去以后，我根本就没有接触过她。

"至于西里安纳，我可以告诉你们，我和白人没有什么接触，更谈不上有什么勾结，我去那里是为了替我们学校找老师。我和约苏亚也没有任何秘密交易，我也从来没有和他有过来往。"

"那你为什么上他的教堂呢？"卡波尼问。

"我上教堂与别人有什么关系？"瓦伊亚吉又动怒了。

"当然有关系啰，它关系到整个部族、人民和部族的纯洁性。"一位长老插话说。

卡波尼和吉亚马极力说服他站在他们的信仰一边。但是，如果他和他们站在一起，他就不可能完成使马库尤和卡梅奴、约苏亚和其他人联合起来的使命，他通过教育给人们带来光明所做的努力就会前功尽弃；如果他和卡波尼站在一起，就等于将自己置于卡波尼的控制之下，那么过去几年的努力将付之东流。他一定要表明自己的立场，在这个时刻尤其要保持冷静。

"我也与部族的纯洁、山区的发展和进步休戚相关。但我们不能这样永远处于敌对状态。我们必须联合起来。基督教徒和异教徒、马库尤与卡梅奴应该联合起来，山区的命运就掌握在我们这些人手里。"

"那么，你不想和白人进行斗争啰？"有人打断他的话，问他。

"我们的土地一块块地被抢走。而我们，我们的年轻人却像女人那样默默地坐着，无所作为。"另一个老人插嘴说。

"我们和我们的妻子被迫缴租纳税。"另一个人接着说。

"学校，学校，"瓦伊亚吉激动地辩护说，"白人懂的我们也要懂。"

"我们需要一个真正的领导人。"

"一个政治家。"

"教育——"瓦伊亚吉的话又被打断了。

"白搭！我们现在需要的是实际行动。"卡波尼狂妄地说："你还没有回答我们的问题。那位姑娘——约苏亚的女儿——你是不是想和她结婚？"

瓦伊亚吉霍然站了起来，他真的恼火了。妮娅姆布拉与他们有什么关系？有什么关系？难道他不能对自己的生活做出选择？难道生命不属于他自己？不要理睬他们提出的关于妮娅姆布拉的事！

"妮娅姆布拉与这件事无关，我爱不爱她是我的自由。如果你们没有别的事，我就走了。"

"别忘了誓言！"

"誓言？"

"你曾宣过誓。"

"它阻止不了我去爱我们的人民。"

"但它不允许你出卖我们的部族，出卖部族的秘密，或者去干那些伤风败俗的事情。"

他觉得不应该随便议论妮娅姆布拉，因为她已经拒绝了他，她是无辜的。他怒视着卡波尼。在昏暗的灯光下，隐约可以见到卡马乌的双眼闪闪发亮，扬扬得意。瓦伊亚吉现在才明白，卡马乌也恨他。他暗暗埋怨自己没有理直气壮地去对付这场挑战。他怀疑自己是不是失去了对部族的控制，是不是有能力去带领部族的人民。他转身出门时，背后有人骂他"叛徒"。他甚至怀疑他过去为唤起山区民众所做的努力是不是真的有了成果。痛苦和失望一齐向他袭来，他低着头毫无目的地疾步向前走去，他生所有人的气，所有的人——父亲、妮娅姆布拉、长老们和他自己。

卡波尼以胜利者自居，再次站了出来，眼里露出笑意。

"部族的长老们，我过去告诉你们，你们不信，现在看清楚了吧？如果他没有矢口否认与约苏亚和白人有联系，他怎能继续当老师呢？我们又怎能跟他走呢？你们看，他要将我们带到何处去？"

"他就是这种人。"一位老人难过地说。

"祸根就是那个姑娘，是她将他的心引上邪路。"

"我们早就说过，"另一个老人补充说，"这些基督教徒们必须行割礼，如果他们不愿意，那就非来硬的不可。"

"是这样。"少数人表示赞同，多数人沉默不语，因为他们担心这样做会给部族带来灾难。

第二十四章

几天后的一个晚上，基奴西阿突然匆匆地闯进瓦伊亚吉屋里，他紧绷着脸，神色慌张地回头看了一眼，好像有谁跟随他。

"瓦伊亚吉。"他喘着粗气说。

"基奴西阿，怎么啦？"瓦伊亚吉急切地问道。他显然觉得不安，因为他从未见过基奴西阿的这种神情。

"也不知道他们想干什么？"

"谁？"

"吉亚马！"

"什么？"

"他们散布谣言说：你再也不是老师了。"

"啊！"

他俩各自沉思，彼此之间出现了一阵短暂的沉默。突然，瓦伊亚吉从深思中清醒过来。他控制着自己的感情，坦荡地说：

"请坐下。你是从哪儿听来的？"

"我偶然听到有人议论这件事。你不知道消息传得多快，不久前卡马乌曾对我说，吉亚马要解除你的老师职务，说你与白人有什么勾结。"

瓦伊亚吉听到了这个消息，心里悲痛难言。

"人们是怎么看的？"瓦伊亚吉快快地问。

"这我不太清楚，我想不一定有那么多的人知道。我倒想知道他们是什么时候开始这样对待你的？"

基奴西阿的话将他的心刺得发疼。过去，瓦伊亚吉差点将他当成他们的同谋者。

"对我？他们无权解除我的职务。只有学校委员会有这种权力。我对此确实一无所知。"

接着，他将那天晚上被叫到马库尤的情形一五一十地详细告诉了基奴西阿。

"我总爱动怒，容易感情用事，看来这样不好。就连那个姑娘也不爱我了。"

"这都是卡波尼干的，他恨你。啊，瓦伊亚吉，你还不知道，我以为今晚一定会出什么事。卡马乌曾经暗示过我，说约苏亚家今晚可能出事。具体的我不清楚，不过我知道那些年轻人是什么事都干得出来的。他们说你堕落了，说妮娅姆布拉勾引了你……"

"等等！他们想干什么？"他焦急地问。

"我不知道，我想他们可能要对约苏亚采取行动，而且他们不会就此罢休，可能还要来找你的麻烦。他们说你违背了誓言，泄露了部族的秘密。因此，你必须马上逃走，逃到内罗毕去。我想告诉你，卡波尼很可能马上就要来找你，你必须马上做出决定。卡波尼有长老们撑腰，会肆无忌惮地对付你的。他虽然没有什么可靠的根基，但他手里有一张王牌，他知道祖先的预言，他说他就是预言中的救世主。"

瓦伊亚吉蓦然站了起来，他记得查格曾经告诉过他，只有卡波尼知道古代预言。这也许就是卡波尼恨他的原因。可是现在事情紧急，没有时间考虑这些了。他决定首先去告诉约苏亚。

"谢谢你，基奴西阿，我马上得走。"

"到哪儿去？"

"去马库尤。我要去告诉约苏亚。不能让他们用残暴的方法对付我们的人民，尤其在这个时候！"

"不，你不能去，老师。"

"我必须马上就走。"

"但你不能去告诉约苏亚。如果让卡波尼知道了，他们骂你叛徒就更有借口了。"

"基奴西阿！"

"怎么啦？"

"你应该了解我，我们是一起长大的。"

"是的。"实际上，基奴西阿又何尝不知道呢。

"因此，请你不要阻止我。"瓦伊亚吉的声音果断沉着，"你不要以为我是一个忘恩负义的人。我忘不了你对我的关心，你是我唯一可以信赖的人。我们绝不能容忍这种事发生，如果听任别人对约苏亚逞凶，整个山区就要四分五裂，最终遭到毁灭。我有愧于过去没有为部族尽责。我不想让你也卷进这件事情，因此你不要和我一起走。如果你想在这里等我，我回来后会告诉你的，我还会将全部想法告诉你。"

基奴西阿再也没有和他争辩，他从瓦伊亚吉严肃认真的脸部表情和焦虑不安的眼神中已经看出老师主意已定，因此只好让他走了。但是基奴西阿没有在屋里等他，而是悄悄地尾随着他朝霍尼亚河走去。

瓦伊亚吉大步流星地向前走着，越过一道坡，又爬过一座山，朝约苏亚的家飞快地跑去。还没到达他家，远远就听到了他们的歌声：

夜晚，牧人们放牧草原上，

神圣的天使从天而降，

大地沐浴着圣洁的光。

原来是圣诞节快到了，基督教徒正围坐在一起，像昔日的牧人那样夜牧、唱圣歌。

瓦伊亚吉屏住呼吸，壮着胆迈步走了进去。他就像一个怪影突然出现在人们面前。歌声戛然而止，基替教徒们惊惶失措地望着他，周围一片寂静。瓦伊亚吉极力控制着自己，想使剧烈跳动的心平静下来，但他办不到。他要告诉他们什么呢？他要对这些围坐在桌子四周唱圣歌、等待基督降临的约苏亚的信徒说什么呢？

"很抱歉，打扰你们了……但是……但是我认为你们处境很危险，他们要在今晚或明日对你们下毒手。"

"谁？"他们异口同声地问。

"卡波尼一伙，吉亚马。我不知道你们该如何对付他们才好，但是……"

"这不用你担心，更不用你来指挥我们，"约苏亚咆哮着说，接着站了起来，怒视着瓦伊亚吉，"这全是谎言！"两人有生以来第一次虎视眈眈地互相对峙。突如其来的情形使在场的人都惊呆了，一个个木然地坐着。

"滚！滚！从这里滚出去！你是想来诱惑我的女儿。可我永远也不会忘记你是怎样勾引穆索妮的。"约苏亚第一次在众人面前提到穆索妮。

瓦伊亚吉伤透了心，他真没想到他的好心规劝不仅遭到拒绝，加深了他和约苏亚的隔阂，而且使他在眷恋的姑娘和众人面前遭到奚落和蒙受耻辱。他和约苏亚之间的隔阂恐怕再也不可能消除了。他正在沉思默想，这时却发现妮娅姆布拉神情沮丧地坐在妈妈米莉阿姆身旁。

"误解了。我是在履行职责，我想帮助你们脱离险境。"他的声音在颤抖。

"先救救你自己吧，先将你自己从上帝对你的惩罚中解救出来吧。你向来与我们上帝的人势不两立，你还想从我这个家得到什么呢？"

瓦伊亚吉蓦然转身，快步走到门边，信手把门打开，打算迅速离去。屋里的灯光照射在他身上，在门口留下了一个孤单的身影。

瓦伊亚吉在约苏亚门口突然出现，使埋伏在黑暗中的卡马乌和其他四个人目瞪口呆，简直不敢相信自己的眼睛。啊，原来如此，瓦伊亚吉的背叛行为走得有多远！瓦伊亚吉无疑已成了部族中最大的敌人。按吉亚马的命令，现在还不能抓妮娅姆布拉。不，他卡马乌要马上回去向吉亚马报告，他和瓦伊亚吉之间的分歧已经不是什么私怨，而是部族与瓦伊亚吉之间的斗争。

妮娅姆布拉虽然默默无言，可是她对周围发生的一切全看在眼里了。刚才，她看到瓦伊亚吉带着悲伤和不安的神情突然闯了进来，她的心非常激动，就扑通扑通地乱跳。站在她面前的不是别人，正是她日夜思念的心上人瓦伊亚吉老师；正是在穆索妮离开人世之后将她从徘徊、苦闷、犹豫、失望中解救出来的从天而降的黑人弥赛亚。她知道瓦伊亚吉正深深地爱着她。这是那天晚上他亲口对她说的。从此以后，她就对他日思夜梦、情思缠绵。父亲禁止她和他来往，可是父亲锁得住她的手脚，却锁不住她那火一般的心。她常常喜欢一个人静静地待着，听任情思的羽翼飞翔：她和他一起漫步在霍尼亚河畔，情切切、意绵绵，共同诉说衷肠；他们一次次地怀着无限的激情，紧紧地互相拥抱，在她的脸上、唇上还印下了他那无数甜蜜的吻……她整天如痴如醉，犹如生活在梦幻之中。她多么希望梦想变为现实。然而，无情的现实使她悲伤惆怅。她常常对着空房暗自落泪，多少次伤心地呼唤："瓦伊亚吉，你是我的，回来吧，回到我的身旁。"但他没来。父母心、儿女情就像挡在她和瓦伊亚吉中间的一堵墙；宗教信仰以及对父亲的怜悯和同情成了她与瓦伊亚吉来往的障碍。不，绝对不能成为宗教信仰的牺牲品。对她来说，宗教只是心灵中的一种寄托，此外再也没有别的作用。宗教信仰成了一种约束，这全是约苏亚强加给她的，约苏亚的这种信仰干预了她对生活的选择，甚至还使她对宗教的信仰产生了一种消极情绪，如果约苏亚和利文斯敦的信仰将她和瓦伊亚吉拆散，任他俩天各一方，那么这种信仰对她有什么好处呢？绝无好处。如果这种信仰给父女之间带来隔阂，以致女儿惨死，做父亲的却无动于衷，那么这种信仰就可以说是惨无人道的了。她不需要这种信仰，她所需要的是能使有情人皆成眷属、山里人能和睦相处的信仰。"来吧，在生活道路上挣扎的人们，上我这里来，我将给你安宁。"[1] 这熟悉的声音在她耳边回荡，使她感到宽慰。她多么想再次听到这种声音。她静静地躺在霍尼亚河畔，倾听着淙淙的流水声，她的心在有节奏地跳动。这时她突然想起了这么一段话：

那时，豺狼和小绵羊同居，豹子和小山羊同卧，小牛和狮子同群；孩童要牵引它们。牛与熊同桌进食，小牛和小熊同卧，狮子和牛一样吃草。吃奶的孩子在虺蛇洞口玩耍，断奶的婴儿将手伸进毒蛇穴里。在我圣山之上，一切都不伤

---

[1] 引自《圣经》的话。

人，不害物；神的知识充满天下，就像水充满海洋。①

　　这就是她的信仰，就是她一心为部族奋斗的目标。只有这种信仰才能给所有的人带来和平与安宁。她常常祷告，希望瓦伊亚吉能回到她的身边。她的这种信仰是坚定不移的。

　　他终于来了。但来得不是时候。尽管如此，妮娅姆布拉心里依然是高兴的，在这样的时刻里，她准备随时为他挺身而出。然而，她觉得心里有点怕他，这也许就是她的心扑通扑通跳个不停、心里的异感使她既痛苦又激动的原因。

　　她看见两个男人冷眼相视地面对面站着。她看见她的瓦伊亚吉蒙受了耻辱。在她头脑里，对父亲的忠诚与对瓦伊亚吉的爱在激烈地斗争。最后，当瓦伊亚吉的劝告遭到拒绝和蔑视而转身出门时，她突然站了起来，用清脆而带命令口气对他喊道：

　　"老师！"瓦伊亚吉闻声停止了脚步。

　　"回来！"

　　瓦伊亚吉顺从地走了回来，觉得这一切犹如一场梦。突然的变化使约苏亚也感到震惊，他默默地思索妮娅姆布拉称呼瓦伊亚吉"老师"的全部含义。

---

　　①　引自《以赛亚书》第十一节《和平之国》。

"老师没有撒谎。"妮娅姆布拉倔强地说。

"你！你！你怎么知道的？不要脸的东西！"

"我知道，前一个礼拜，卡马乌突然说要和我结婚，我拒绝了。他说他一定要让我同意，否则就要给我一点颜色看看。他还说我逃不出他的手心，说他是我唯一的救星……"

约苏亚两手痉挛，怒不可遏，他不能容忍她继续说下去。瓦伊亚吉怔怔地站着，似乎还在睡梦之中，主人的逐客令深深地刺痛了他的心。这时，不远处突然传来了一阵低沉的嘈杂声，开始时含糊不清，慢慢地就变得越来越清楚了：什么老师……叛徒……！悔恨与悲痛一齐涌上瓦伊亚吉的心头。他意识到，尽管他的所作所为都是为了山区的利益，但是人们不理解他，现在已经不再需要他了。父亲的声音在耳边悄然响起："人们拒绝穆戈，随他们去吧，总有一天他们会祈求救世主的。"那声音和当年父亲年轻时的声音毫无差别。

这一天已经来到了吗？卡波尼就是他们祈求的救世主吗？他干了些什么呢？这种人能干的就是破坏。不，他想破坏也不太容易。瓦伊亚吉的精神已在山里扎下了根，他所开创的事业已经后继有人，至少学校里的其他老师会继承下去。悲哀的歌声又在耳边回荡，声音越来越大。他觉得自己正回头朝约苏亚走去，他走到他跟前，用几乎绝望的口气劝告他们说：

"请你们当心，他们也许会来。"

"滚，滚出去，魔鬼！"约苏亚恶狠狠地说。

约苏亚脸色阴沉可怕，他恨瓦伊亚吉，就像一位虔诚的信徒恨撒旦。屋里有一阵轻轻的说话声。就在这时，人们惊奇地看到，妮娅姆布拉正以稳重的步履和沉着的姿态走向瓦伊亚吉。几乎同时，瓦伊亚吉和约苏亚对她的胆量和勇气都感到惊愕不已。她走过去拉住瓦伊亚吉的手，说出了其他少女在这种场合不敢说，甚至她自己几天前大概也不敢说的话：

"你是好人，我爱你。"

约苏亚如梦初醒，万万没有想到这个平时温顺、文静、贤淑的女儿会有这样大的胆量采取这种行动。他气呼呼地朝她冲了过去，就在他想伸手揪她时，他突然想到这是撒旦又一次给他设下的圈套，心中的基督在关键时刻必须经得住考验。他颓然地收回了手。瓦伊亚吉和妮娅姆布拉紧靠着站在门口。

"我和我的全家一定要永远忠于主，"约苏亚举起右手指着妮娅姆布拉，公然宣布，"你再也不是我的女儿，但我必须警告你，"他由愤怒变为悲伤，用低沉的声音继续说，"你不会有好下场的，你快给我滚！"

人们做梦似的看着瓦伊亚吉和妮娅姆布拉走出了家门。米莉阿姆嚎啕大哭，呼喊："不要让她走！不要！"在场的人都沉默不语，都在思考这到底是什么灾难降临到约苏亚这一家人的头上！

山区的一切沉没在黑夜之中，高空的群星闪着耀眼的光芒。妮娅姆布拉的心从来不像现在这样轻松愉快，对她来说，造父亲的反还是平生第一次。现在，她已飞出了约苏亚的手心，约苏亚的指挥棒对她已经失灵了。她在心灵深处总想继续走下去。然而约苏亚的势力也是不容忽视的。

"妮娅姆布拉，你回去吧，回到你父亲那里去。"他们走出家门不远，瓦伊亚吉恳求她说。她默默地用蔑视的眼光看了瓦伊亚吉一眼。背后不断传来咒骂声，这声音在寂静的夜空中不断地回响。基奴西阿的话突然又在瓦伊亚吉的心中冒了出来，开始时只是一种隐约的感觉，慢慢变成了越来越沉重的压力，他的思想在激烈地斗争，心底里有一种声音在敦促他赶紧逃跑，逃到内罗毕去。现在你已经如愿以偿，况且人们已经不需要你了。跑！赶快跑！带着妮娅姆布拉跑到内罗毕去，到那里去过无忧无虑的幸福生活。为什么不跑呢？难道不是他给山区带来光明，唤醒了睡狮般的人民，然后人们又指着他骂"叛徒"吗？父亲的声音又在他耳边回响："……救世主将从山中来。在人民最需要的时刻，将会有一个人站出来，给他们指路，带领他们……"他为自己有逃跑的想法而感到内疚，他不能逃跑。

瓦伊亚吉和妮娅姆布拉伫立在一个小山坡上，远望着霍尼亚河两岸。这里离卡波尼家不远，可以隐约听见那边阵阵的说话声。瓦伊亚吉的心一阵紧缩，感到惶惶不安，他开始怀疑刚才的决定是否正确。他茫然地转过身去，温柔地看着站在身旁的姑娘，用低沉的声音说："死亡在那边等待着你。"

　　她轻轻地捏着瓦伊亚吉的手。瓦伊亚吉全身热血沸腾，一种越来越强烈的欲望支配着他。

　　"啊，老师，我永远爱你，永远跟随着你，再也不分离。"

　　瓦伊亚吉无限激动地将她紧紧搂在怀里，两颗心在激烈地共同跳动……他们沿着山坡从马库尤慢慢地来到霍尼亚河畔圣洁的土地上。

　　"我们坐一会儿吧。"他温情地对她说。他们躺在草地上。霍尼亚河有节奏的流水声仿佛是在远方敲响的银铃，穿过沉沉夜幕飘了过来，但他们什么也没有听见，只听见两颗火热的心在剧烈跳动，此时此地他们的心、灵魂已经紧紧地连在一起。夜，多么幽静的夜，以致他们觉得心跳之声好像来自遥远的另一个世界。

　　他们站了起来，难分难舍地依依惜别。在回家的路上，瓦伊亚吉脸上放着异彩，浑身上下有一种从未有过的轻松愉快的感觉，甚至后来回到屋里等他的基奴西阿，也惊讶于他的神采奕奕，比对他们仍能见上面更感到惊讶。确实，由于刚才能和妮娅姆布拉温存地待在一起，瓦伊亚吉的心和强烈的欲望得到了满足。他深深地意识到这是一个关键的时刻，他必须在姑娘和部族之间作出抉择。现在，他觉得心里有许多话要对大家说，但他又不知道从何说起，该说什么。他脑子里太乱了，乱麻似的问题理也乱，剪不断。他需要休息，静静地躺着，好好地理一理这些交叉重叠的问题。父亲的形象又在他眼前晃动，脑海里又浮现出那次和父亲一起去圣林的情景；突然，他情不自禁地喊道："明天我要到那里去！"

"到哪儿？"基奴西阿莫名其妙地问。

基奴西阿的发问使他从凝神思索中惊醒。瓦伊亚吉对着他诡谲地笑了笑，没有吭声，因为觉得没有必要将实情告诉他。刚才，瓦伊亚吉隐约看见父亲的形影在屋里，甚至在屋外黑暗处不断地出现；他还觉得妮娅姆布拉好像就在身旁，又甜又香地睡在他的床上，秀丽的脸庞还留着温柔妩媚的笑意。

"我要去卡梅奴南麓的那座山，重游那片圣林。"

"圣林？"

"是的，说来话长。"于是，瓦伊亚吉将他那次神秘的丛林之行、父亲向他揭示的古代预言以及其中的奥妙绘声绘色地告诉了基奴西阿，后者听得入神，张着嘴巴，脸上的神情若隐若现地表露了对瓦伊亚吉的无限崇敬；他觉得瓦伊亚吉就是预言中提到的救民于水火之中的救世主，是一个不同凡响的人物。

"你听我说，基奴西阿。"在长时间的沉默以后，瓦伊亚吉说，"请你帮我的忙，明天太阳下山以前，晚霞满天的时候，我要在霍尼亚河畔行割礼的那块圣洁的土地上召开一次大会。请你再叫几个人一起，尽快将这消息传出去，传遍山区的每个角落。我要和卡波尼较量，我要当众揭发卡波尼。因为，你基奴西阿知道，我不能逃跑，我有许多事情要做，我要把新的想法告诉大家。说实在的，许多事情我已意识到了，也已经做了，这些我都跟你说过。但有许多事情我还没有意识到，比如说，我还没有看到，应将人民新的觉悟放在政治的高度去认识。对于被压迫的民族来说，教育是必需的，但不能代替一切。关于这个问题，我还没来得及好好地考虑，我想我应该冷静地想一想。"

夜深了，他俩依然在兴致勃勃地交谈。基奴西阿全神贯注地听瓦伊亚吉谈理想、谈今后的计划。瓦伊亚吉今晚的这一席话使他受到很大的鼓舞，他的思想好像达到了一个从未有过的新的境界。

"我永远跟着你！"基奴西阿激动地说："不管别人说什么，我都永远和你站在一起。"

"谢谢，基奴西阿，让我们一起迎接光辉灿烂的明天吧。"

第二十五章

他脸色憔悴，萎靡不振，心里阵阵隐痛，浑身无力。眼前的江山再也没有他孩提时代父亲在世时的那种盛况了，整个国土四分五裂，江河日下。太阳已过树梢，在眩目的阳光下，远处的凯里亚加山朦朦胧胧；近处那片丛林郁郁葱葱，中间一棵无花果树卓然独立、高大挺拔，竟使原来那片圣林相形见绌，显得不再像过去那样庄严肃穆了。那棵无花果树可不是一棵平常的树，它根深叶茂，巍然独尊，傲视着时光的流逝和气候的变化。瓦伊亚吉默默地思考：过去曾有多少人来过这里，站在这个地方；又有多少人来到这个权力主宰一切、主宰人们命运的神秘的地方，并且向这棵作为人民信仰象征的大树表示无限的敬意。

他心里产生一种奇妙的感觉，觉得周围的一切神秘莫测，这种感觉就像乌云沉甸甸地压在他的心头。看来，他要在这个地方单枪匹马地同一股欲置他于死地的势力决一死战。他真后悔不该来到这个地方。头脑里一连串的问题，难道还能在这里找到答案？妮娅姆布拉的形象已经在现实生活中消失，他再也不可能从她那里得到任何安慰了。周围的现实是令人失望的，他意识到他正在同一种无处不有的令人迷惑不解的势力进行斗争。他惴惴不安，畏缩了，害怕了，这也许就是他想逃离这个地方、躲避这种势力的原因。他用什么东西唤醒沉睡的群山呢？他突然想起了基奴西阿说过的话：你的名字会把你毁灭。

　　瓦伊亚吉凝视着脚下的山川，眼前的一切虚无缥缈，模糊不清。在山里令人窒息的寂静中，蕴藏着惊天动地的大动荡。

　　造成这场动乱的原因是什么呢？瓦伊亚吉暗暗埋怨自己没有尽责。自从那次人们齐声称他"老师"的大会以后，形势急转直下，日益恶化，各派之间的鸿沟越来越大，吉亚马对约苏亚一派的恐吓就是分歧加深的表现。他不止一次地认为，也许不该辞去在吉亚马的职务，否则怎能够在那次大会上说清楚自己的立场呢？他既然已经失去了那次机会，现在所能做的只是认真对付严酷的现实。他总认为自己没有出卖部族，相反地，他要联合这个部族，拯救这个部族；他要教育人民，把白人带来的、对山区有利的东西教给人民。

　　瓦伊亚吉认为白人的东西并非一切都是坏的。对他们的宗教也不能说一无是处。其中有一些是好的，是符合实际的。但是，对于他们的宗教信仰，有必要进行清洗净化，弃掉那些不干净的东西，留下纯洁、永恒的东西。这种永恒的东西就是真理，必然与人民的传统习惯相一致。人民中间世代相传的习惯，是不可能在一夜之间加以消除的。这就是造成部族分裂和动乱的原因。失去传统的部族是没有根基的部族，意味着背叛了祖先，因为部族的根基存在于吉库尤和穆姆比开天辟地之初就已形成的传统习惯之中。如果某种宗教不尊重人民的生活习惯，不能辨别生活中的善与恶、真与伪，那么对于人民来说，这种宗教是毫无益处的，令人失望的；它不可能有生命力，也不可能为人所接受，而成为人们生活的源泉。相反地，只能伤害人的灵魂，使人们心安理得地处于他人的保护伞之下，否则就无所适从。这也许就是约苏亚致命的弱点，他身着白色的宗教外衣，否认部族的过去，逃避和拒绝接受部族的一切传统习惯。这就等于失去了赖以生存和立足的靠山，因而不得不寄希望于传教士布道时所许诺的未来。

在这两派之争中，瓦伊亚吉在考虑自己应当站在什么位置上。卡波尼呢？他们两人中间谁是弥赛亚？谁给受苦受难的人民带来希望，救民于水深火热之中？然而，如果一个人将自己和过去割裂开来，失去和人民的联系，那他能成为人民的救世主吗？

穆索妮曾为拯救自己的灵魂做过努力，她深深地懂得人生的需要，这种需要就是精神上的满足以及美好的生活。因此，她曾为调和山区对立的各派勇敢地做过尝试。查格也同样为此做过努力，不仅他自己，而且还通过他的儿子。瓦伊亚吉后来所走的道路，就是查格努力的结果。在这僻静的山区，瓦伊亚吉懂得了许多的事情。姑娘行割礼，在她的下部动个小小的手术，手术本身并不重要，重要的是在人们心灵深处产生的影响。多年来形成的这个习惯，显然是不可能在一夜之间改变的。应当等待和教育，无论如何不能放弃教育。如果说白人的宗教使你放弃了部族的传统，然而同时你又不可能从中获得等量的有价值的东西，那你就会觉得茫然若失。在这种情况下，如果你想调解各派冲突，结果只能是自取灭亡，下场和穆索妮一样。

瓦伊亚吉觉得，现在应当马上逃离这里，那片圣林再也不能像一盏明灯照亮他前进的道路了。可是他又不知道何去何从，也不知道该向人民说些什么，心里空荡荡的，眼前一片漆黑。他想起从家里逃出来的妮娅姆布拉，不知道待在他屋里的她此时此刻在想些什么。他突然感到懊恼和惊骇，他恨自己，竟想舍她而去，让她孤孤单单地留在他的屋里。如果他们将她抢走怎么办？如果约苏亚到政府办事处去告他又怎么办？他突然改变了主意，还是不逃为好。他顺山坡而下，不时放眼远眺，他对远方和未来满怀希望，也许有一天他要到穆朗加、吉阿姆布或尼耶里去，和那里的人联合起来，然后异口同声地对白人大喊一声："滚！滚出去！"这才是山区人民的共同愿望。他只要想起国土沦亡，人民蒙受奇耻大辱，被迫为他人干活，为别国政府缴租纳税，他就热血沸腾，浑身是胆。

看来，吉亚马是对的。人民要求采取行动。山里的动乱是人民觉悟的表现，他们不满于目前蒙受的耻辱，要求改变现状，在他们之中，原先那种各自为政、孤立无援的局面已经不复存在了。但是，他们要采取什么行动呢？现在他要干什么呢？在人们争吵不休、整个部族几乎分崩离析的时刻，他能不能将人民组成一个政治组织呢？如果他还有机会的话，他一定要告诉人民：我们办教育是为了人民的团结，而团结则是为了获得政治上的自由。他突然觉得心明眼亮、豪情满怀。他加快脚步朝山下走去。他要到人民中间去，将他的理想告诉他们：教育，团结，政治自由。但他突然又陷入苦恼的深渊。如果人们一定要他交出妮娅姆布拉，他该怎么办？如果……怎么办？这一切他真不敢想象。无论如何，他要为团结而斗争，妮娅姆布拉也是参加斗争的一份力量，如果失去她，那么他的存在也就没有意义了。因此，同时他也要为拯救自己而斗争。

男女老幼络绎不绝地来到会场。近来，他们听到了许多关于老师的令人难以置信的传闻。因此，他们听到基奴西阿一帮人的紧急通知后，就带着惊疑的神情匆匆赶到会场，想亲耳听听老师到底想说些什么。他们多数人是相信老师的，因为他们了解他，愿意永远跟随他。他们怎能相信他会出卖他们呢？他们又怎能相信他会娶一个没有行过割礼的姑娘呢，而她的父亲约苏亚又是人民的死敌？是瓦伊亚吉给他们带来新的理想、愿望和信心；也是他恢复了部族应有的尊严；在人民最需要教育、而且被教士们拒之门外的时刻，也正是他将白人的文化教给了人民。在大家眼里，他是精明能干的，是可信赖的。他曾为忠于部族的纯洁宣过誓，为大家做了表率。说他违背誓言，这怎么可能呢？

日近中午，人们头顶烈日，耐心地等着瓦伊亚吉到来，一个个汗流浃背，豆大的汗珠顺着两颊不断地往下淌。会场里还有卡波尼以及吉亚马的长老和年轻人，他们怀着不可告人的目的等着瓦伊亚吉，他们心里明白这是一场严峻的斗争。明天割礼也将在这个地方举行，今晚人们将在这里举行割礼庆祝晚会。同样，约苏亚和信徒们今晚也要举行庆祝活动，要为基督的诞生唱赞歌。然而在今天的这个会场上，没有人为即将举行的割礼或为基督的诞生而歌唱，大家都静静地等着瓦伊亚吉的到来。

卡波尼和一些长老单独坐在一起，若隐若现地流露出不安的神情。等着瞧吧，今天我卡波尼不成功，便成仁！他认为他的胜利就是部族的胜利，整个部族正面临着瓦伊亚吉的威胁。他恨透了瓦伊亚吉，认为这种仇恨其实就是整个部族对瓦伊亚吉肮脏的背叛行为的惩罚。他和瓦伊亚吉之间的斗争已不再是个人的恩怨，而是马库尤和卡梅奴之间长期存在着的斗争的继续。卡梅奴的领导人已经在斗争中节节败退，因此他们只好出卖他们的人民。现在是人民起来对那些出卖他们的领导人进行报复的时候了。他带领他们对这些人进行报复，才是人民的救世主。其实，卡波尼根本就不知道要将人民引向何处，他只是知道要对瓦伊亚吉及其组织起来的力量进行斗争。因此，他怎能知道人民不想走回头路、不安于与世隔绝的现状呢？他怎能知道这股新的力量会带给人民新的思想、引导他们去追求美好的明天，会像穆戈曾经说过的那样，像一个精灵在整个国土上——从云海翻滚与天相接的这一边到烟雾缭绕、云遮雾盖的那一边到处徘徊，横扫一切呢？

　　太阳已经慢慢西斜，人们等得有些不耐烦了，开始有些骚动。山坡上站满了人，多数是约苏亚一派的，其中还有米莉阿姆。她也觉得今天好像会发生什么事情。她眼里噙着泪花，低声地啜泣。她想起女儿，想起自己懦弱无能，更觉伤心。就在这时，站在山坡上的人们突然看见一束金黄色的霞光从落日处的云缝里喷射出来，它光亮亮、金灿灿，远在天边，但又似乎近在咫尺。它把天空染成一片绯红，给大地上的万物——林莽、荒原、丘陵、山崖涂上一层金光闪闪的色彩。人们心里开始有些惊慌。

基奴西阿的心忐忑不安，突然觉得瓦伊亚吉和妮娅姆布拉已被这束不寻常的霞光吞没了。他觉得对不起瓦伊亚吉。妮娅姆布拉已从瓦伊亚吉的屋里被暗暗地带走，落入了卡波尼手里。他怎么将这个消息告诉瓦伊亚吉呢？他不想让瓦伊亚吉受到这不幸消息的干扰，他要让他在众人面前全力以赴地对付这场斗争。突然，有人在会场的一角大声叫道："他逃跑了——叛徒。"基奴西阿闻声茫然四顾，他开始怀疑瓦伊亚吉今天是否会来参加会议。如果瓦伊亚吉不来，连他自己的生命也难保，因为愤怒的人群会转而惩罚他。他两脚哆嗦，全身直冒冷汗。这时又有人大声喊道："找他去！"卡波尼一伙乘机大声附和："叛徒！"

会场已经被挤得水泄不通，还有人不断从四面八方涌来。不知是谁轻轻地叫了一声，声音刚落，人们一个个站了起来，大声喊："老师！老师！"大家重新坐了下来，眼看着老师从他们身边走过，他的上半身沐浴着树缝里射过来的金色晚霞，他显得魁伟高大，洒脱俊逸。坐在霍尼亚河两岸的人们一个个屏住呼吸，紧紧地望着他。当他以稳重的步履、沉着的姿态，迈向吉亚马的人们坐着的高地，走向那决定他命运的地方时，周围一片寂静。

第二十六章

　　就连瓦伊亚吉也受到会场上这种异常气氛的感染。他站在高地上，激动地环视四周的群众，剧烈跳动的心似乎在暗暗地鼓励他说：勇敢些，不要害怕。他看到会场上、山坡上，甚至树上都挤满了人，眼睛熠熠闪光，充满希望。**在人民最需要的时刻，将有一个人挺身而出，救民于危难之中。**这些话使他想起了父亲、穆戈·瓦·基比罗、互齐奥利、卡米里①、吉库尤和穆姆比，想起凯里亚加山，想起他跟父亲到圣林时的情景。**举头望圣山，天将降大任于斯人。**瓦伊亚吉心里暗暗地祷告，祈望在这关键的时刻能从容不迫、泰然自若地应付眼前的一切。卡梅奴和马库尤正在目不转睛地紧紧瞪着他，颇有随时向他猛扑过来之势。**他将向他们指明方向，带领他们前进。**

　　看来，现在已经到了人民最需要的时刻。瓦伊亚吉觉得这

---

　　①　均是传说中的部族的先知。

个时刻来得太突然了。现在部族正需要他，妮娅姆布拉也需要他，他在心灵深处也不断敦促自己勇敢地站出来。卡波尼是一匹害群之马，东撞西闯，已经迷失了方向。在这关键时刻，瓦伊亚吉要到人民中间去，带领他们在黑暗中摸索前进，他要和人民紧紧地结合在一起，去寻求光明，寻找前进的道路。他知道他正站在这块曾用自己的鲜血染红了的土地上，他也正是在这块土地上举行过宣誓，现在他要为捍卫这里的每一寸土地而献身。

他开始讲话，首先向参加大会的人们表示感谢，并且希望大家再坚持一下。接着，他指出最近山区事态的发展令人担忧，仇恨和对立已经到了将要毁灭人民的地步。他向人民解释，在这行将结束的一年中，他为山区的事业做出的努力。并且指出，这一年是山区发生翻天覆地变化的一年，是沉睡的雄狮苏醒的一年。山区里办起了学校，为了解决老师不足的困难，他做出了很大的努力，终于完成了这个艰巨的任务。但他回来时，吉亚马却指责他是叛徒，甚至在更深人静的时候，还有人跑出来用唱歌的方式骂他是败类。让这些人站出来，当众再表演一下吧，谁出卖山区的利益，人民是最清楚的，他们是知道如何处置这些事情的。

会场上雷鸣般的欢呼声打断了他的讲话，"老师！老师！"

的呼喊声响彻整个会场。有人还大声喊道："老师是对的。"尽管他们还说不清到底对在哪里。有人大喊一声："让卡波尼站出来！"卡波尼神气活现地站了起来。他们面对面，短兵相接，战场又摆开了。

曾是约苏亚的信徒，今天却变成了吉亚马领导人的卡波尼，用一种好像非常了解人民，又善于辨明邪恶的、权威性的口气说，他最大的担心就是瓦伊亚吉身上的污秽和罪过，如果容许他继续教育人民，结果不但不能带来光明，反而会将人们引向黑暗。有一个名叫穆索妮的姑娘，由于恶鬼缠身而死于非命，瓦伊亚吉亲自将她送到白人医院。可他从未净过身。如果让他当领导，他的罪恶就会危害我们的部族。现在正是部族人民对他采取行动的时候，因为瓦伊亚吉对部族的威胁实际上要比人们想象的严重得多。白人强占我们的土地，还用神秘的宗教麻痹我们。还有繁重的租税，你们看看，对于白人强加给我们的租税，男女老少有谁不怨声载道呢？可是瓦伊亚吉却和这些白人频繁来往，互相勾结。他曾多次以找教师为借口，偷偷地跑去西里安纳。当吉亚马号召人民武装起来对付政府办事处时（实际上这是一种容易办到的小事），他却竭力反对，大叫什么"教育！教育！"，教育能收回被占领的土地吗？让他自己来回答这个问题吧。

卡波尼说完坐了下来。瓦伊亚吉注意到卡波尼在讲话中有意避开约苏亚和妮娅姆布拉的名字。为什么呢？不知道。他想他也不应该在大会上提到他们。但他必须大谈团结，时不可待，机不再来，现在不谈，更待何时？

　　回答卡波尼讲话的是一阵令人难堪的沉默。红日西沉，天色慢慢暗了下来。

　　瓦伊亚吉脸色苍白，双眼闪动着惊异、恼怒的神色。他清楚地看到，卡波尼已决心置他于死地。

　　"卡波尼想干什么呢？"瓦伊亚吉问，他的声音斩钉截铁，"到底是谁跟着白人转，接受白人的信仰呢？在马库尤、卡梅奴以及其他地方的人们要武装起来反对白人时，又是谁出卖部族的利益呢？"

　　他向会场上的群众环视了一周，然后用简要的语言回顾历史："盘古开天地之初，创世者穆鲁恩故造了我们部族的祖先吉库尤和穆姆比，创世者让他们站在凯里亚加圣山之上，将脚底下的土地赐给了他们；你们知道他对他们说什么吗？他对我们的祖先许诺说：'善男信女们，这些土地是属于你们的，你们和你们的子孙后代可以在这片土地上耕耘播种，成家立业。'真是一片沃野良田，后来在这片土地上，瓜果满园，牛羊遍地。当时，创世者还将他们带到卡梅奴，那里到处都是山清水秀，沃野千里。最后他们兴高采烈、心满意足地跟随着穆鲁恩故来到穆库鲁韦·瓦·加沙加①，在那里立足定居，成家立业。然而现在，我们这些吉库尤和穆姆比的第九代子孙却在无休止的争吵中互相敌视，整个部族四分五裂。"

他谈到部族历史上的英雄人物德米、马萨西、瓦齐奥利、穆戈·瓦·基比罗和卡米里。他告诉他们正是部族的这些英雄人物在战胜马赛族②和其他敌对部族中立下了赫赫战功。

"当时他们能够取得如此辉煌的胜利，是因为全体人民团结得像一个人一样，他们在关键时刻肩并肩地站在一起，众志成城。"

他在谈到穆戈·瓦·基比罗时说，这位伟大的预言家曾预言说，"一群衣着华丽得像蝴蝶那样的人将要到山里来"。

"但是，当时人们不相信他，后来白人真的来了。从此，卡梅奴和马库尤之间便产生了猜疑，出现了敌意，两地的人再也走不到一起了。可是这样，白人可就省事了，他们轻而易举就占领了我们的土地。今天，我们一定要吸取过去的经验教训，要联合起来，团结得像一个人那样；如果这样，我们就能将白人赶出去。此外，我还想告诉大家，卡波尼和其他少数人口口

---

① 地方名。

② 东非一个强悍的游牧部族，居住在肯尼亚南部与坦桑尼亚交界地区。

声声叫喊要对约苏亚他们进行报复。可不能这样做。大家想想，我们都是穆姆比的子孙后代，我们必须站在同一条政治战线上才对，否则我们不是自行毁灭，就是永远被白人骑在我们的脖子上。就像一所房子，如果四面墙东倒西歪，怎能成为一所完整的房子呢？"

"不，这样不行！"众人异口同声地回答。

瓦伊亚吉的话深深地打动了人们的心。瓦伊亚吉坐下来时，人们纷纷站了起来，一齐向他呼喊："老师！老师！"他们看见卡波尼站起来时，却怒火满腔，迅速向他围拢过去，一边喊着什么，一边挥舞拳头，真想揍他几拳，甚至将他撕成碎片，以清除他对老师的威胁。瓦伊亚吉走过去大声制止他们："不！不能这样！不要碰他！"似乎卡波尼和吉亚马也是部族中重要的、不可缺少的一部分。

老师是他们的救世主，他们要听老师的话。人们都望着老师，好像在对他说："我们永远跟着你。"基奴西阿想走过去，将刚才发生的一切悄悄地告诉他，他心里突然产生了一种恐惧感，两腿微微发抖，迈不开步，因此又只好怔怔地坐下。他真想藏身于人群之中，不让瓦伊亚吉发现他。群众热情支持老师的场面，使瓦伊亚吉感到愕然，他真没想到他在人民中间有这样高的威信。

卡波尼依然喋喋不休地大谈什么与教会断绝来往啦，维护部族的纯洁性啦，等等。瓦伊亚吉全然没有把这些听进去，只有在卡波尼谈到誓言时，才引起他的注意。他发现会场上的人都在认真地听。卡波尼操着沙哑的嗓音，疾恶如仇地说，违背誓言是最大的犯罪，这种人要被判处死刑。

　　人们知道，瓦伊吉亚曾对吉亚马宣过誓，誓死维护部族的纯洁，永不出卖吉亚马的秘密，其中包括有关山里人政治命运的秘密。因此，卡波尼说他违背誓言时，人们立刻否认："不！不可能。"他们怎会轻易相信卡波尼的话呢？他们又怎能相信瓦伊亚吉与约苏亚互相勾结出卖部族利益、给部族带来灾难呢？他们异口同声地不断地高喊："不！绝不可能！"瓦伊亚吉心里突然掠过一丝阴影，他想起了还在他屋里的妮娅姆布拉，他真想马上赶回去看看她是否安全无恙。他觉得自己好像没有看见基奴西阿参加会议，基奴西阿是不是正陪着妮娅姆布拉呢？当他再一次留心卡波尼的讲话时，紧缩的心似乎变得轻松了一些。

　　"今天我可以在你们面前证明，尽管他宣过誓，但他是约苏亚的人。"

　　会场一阵骚动，大家惊叫："证据！拿出证据来！"他没有立即回答，等到会场安静下来以后才继续说："他想和约苏亚的女儿结婚。"会场再次出现长时间的沉默，气氛变得有些紧张。

瓦伊亚吉惶恐不安，两腿微微哆嗦。但他也不清楚他到底怕什么。他想站起来，将妮娅姆布拉以及他如何去营救她的情况告诉大家，但他突然看到妮娅姆布拉被卡马乌等人带到笼罩着银灰色暮霭的会场上，站在众人面前时，他就神色惊慌，目瞪口呆，两腿发软了。

"让他和她对证。"卡波尼用挑战的口气大声说。他的声音在马库尤和卡梅奴的人们耳边回荡，在群山中回响，就连鸟儿也不敢大声喧叫了。霍尼亚河蜿蜒曲折，穿过生命之谷，日夜不停地流着，淙淙的流水声就像一支没有休止的无名交响乐曲。

> 他们无损于我这圣山的一切；
>
> 因为神的知识充满天下，
>
> 就像水充满了海洋。

"誓言！誓言！"人们不停地叫喊，好像反而对老师发出警告。瓦伊亚吉默默地站着，无意中看了妮娅姆布拉一眼，两道凄婉的目光突然相遇，好似雷鸣电闪。他迅速转过脸去，但止不住思潮翻滚。当初，他就是在这里见到了正在祷告的妮娅姆布拉，也正是在那一天，他以全部激情第一次热烈地拥抱了她。她依然是那样俊美、端庄。但她现在却像一只摆在祭坛上当作祭品的羔羊。瓦伊亚吉爱她，他不能拒绝她的爱，也绝不在爱情道路上走回头路。

会场上又是一阵沉寂，人们屏住呼吸默默地坐着。瓦伊亚吉想说什么，但他突然改变了主意，只是默默地接受着卡波尼的挑战："怎么啦，你敢当面拒绝她吗？说呀！"瓦伊亚吉对他诡谲地笑了笑，然后从容不迫地走到妮娅姆布拉跟前，紧紧地抓住她的双手。周围一片寂静，紧张的气氛弥漫着整个会场。妮娅姆布拉嘴唇微微颤抖，神情异常激动，疑虑与怨恨，一切的一切，顷刻间消失得无影无踪。现在，她对老师还有什么怀疑的呢？瓦伊亚吉又惊又喜，两眼闪动着笑意，爱情驱散了心中后悔不该参加宣誓的愁云。誓言中毕竟没有说他不该有爱情。他要把这个想法告诉大家，但是就在他张口说话的当儿，一个妇女突然尖叫了一声："誓言！"顿时，人们嘈杂的呼叫声淹没了妇女的尖叫声，打破了会场上沉闷难堪的空气。老师怎会出卖他们呢？他怎么可能同时想维护部族的团结，又想和没有行过割礼的姑娘结婚呢？他怎能如此辜负人们的期望呢？

瓦伊亚吉想让大家安静下来，人们不听他的，会场上一片混乱，大家一个劲地叫喊："誓言！誓言！"含糊不清的叫喊声在林莽和群山中不断地回荡。现在，他怎么向人们解释，他没有出卖他们，他所说的团结绝不是这种含义呢？他怎么向他们说明，他和约苏亚没有任何勾结呢？他又如何告诉大家，他的愿望是一心一意为山里人服务，带领他们进行一场震撼全国的政治斗争，将白人赶出去呢？他抬头望着远方，想起了那些他曾精心培育过的孩子们，想起了那些想来参加会议但又没来的老师们；基奴西阿……他心里暗暗问道："基奴西阿上哪儿去了呢？"他诚惶诚恐，疑团满腹。难道基奴西阿出卖了他？基奴西阿会与卡波尼互相勾结？

一位长老站了起来。瓦伊亚吉由于满腔的苦闷、疑虑和烦恼，没有听清长老在说什么。瓦伊亚吉和妮娅姆布拉将被交给吉亚马，听候判决。群众最后大叫了一声"对"，就匆匆地离开了会场。对他们来说，这样做是最明智的，因为他们可以不再参与对他们老师的判决了。他们感到欣慰的是，夜幕已经降临，老师和他们将都被淹没在沉沉黑夜之中，因为他们不想见到老师，也不想见到他们自己的有罪的面孔。在回家的路上，他们默默无言地走着，心里都清楚人们刚才是怎样对待瓦伊亚吉的，对这一切，他们简直不敢想象。

夜，万籁俱寂，沉沉夜色笼罩着山里的一切。两道山梁静静地相对而卧；霍尼亚河依然日日夜夜不改故道地流着，穿过"生命之谷"，流向远方，淙淙的流水声在静寂的夜空中回响，一直传到马库尤和卡梅奴人们的灵魂深处。

译后记

《大河两岸》是肯尼亚著名现代作家恩古吉·瓦·提安哥小说三部曲之一。第一部是一九六四年发表的反映肯尼亚独立前广大农民在白人殖民者统治下，为了生存、独立和夺回被白人占领的土地而进行斗争的《孩子，你别哭》；第二部是一九六五年发表的反对殖民统治和白人文化专制的《大河两岸》；第三部是一九六七年发表的反映肯尼亚人民争取自由独立、反对殖民暴政统治的《一粒麦种》。这三部小说主要是以肯尼亚最大部族——吉库尤族的生活为背景，通过各种人物的描写，反映了肯尼亚人民反殖斗争的历史，三部曲构成了一组丰富多彩的反殖斗争的历史画卷，是对肯尼亚历史的回顾。

这三部小说得到了许多国家文学界的好评，被公认为非洲文坛上的杰作，使作者在世界文坛上赢得了卓越的反殖民主义小说家的称誉。

《大河两岸》描写的是独立前肯尼亚吉库尤族里的故事。当时，在白人文化专制统治下，吉库尤族内部发生了严重的分化，在废除还是继承部族传统文化的斗争中，分成了对立的两大派。以约苏亚为首一派依附白人殖民者，主张与部族传统文化决裂，用白人文化取而代之；以卡波尼为首的一派则竭力反对白人文化，提倡维护部族纯洁，发扬部族的传统文化。两派斗争的焦点集中在吉库尤部族传统的割礼上，约苏亚派认为割礼是罪恶的行为，是上帝所不能容忍的，而卡波尼派则认为这是维护部族纯洁性的具体表现，是联结吉库尤人民的精神支柱，没有割礼就意味着失去了传统的文化，就失去了部族存在的基础。由此两派在幕前幕后进行着剧烈的斗争，将白人殖民者没有进来时一片歌舞升平、和平安宁的吉库尤国土搞得四分五裂。在斗争过程中，还存在着另一部分力量，他们是以瓦伊亚吉为首的一部分受过教育的青年。他们主张"教育救国"，在两派斗争中持折中态度，他们既反对白人文化专制统治，又对部族中束缚人们自由的某些传统持保留态度，提倡有批判地吸收白人文化，以此教育民众、唤起民众、组织民众（尤其联合部族中对立的两派），以达到将白人赶出去的最终目的。

小说的主人公是瓦伊亚吉。作者用了大量的篇幅，以细腻的笔调刻画了主人公的内心活动，由浅入深，层层铺开，随着故事的发展，小说给读者描绘了肯尼亚独立以前发生的波澜壮阔的反殖斗争场面。小说中还穿插了瓦伊亚吉先后与约苏亚的两个女儿穆索妮和妮娅姆布拉恋爱的故事。作者将他们的恋爱一直放在尖锐的社会矛盾斗争之中，使他们的恋爱更有现实感，更富有时代意义。作者力图通过对年轻人恋爱的描写，说明对封建传统势力进行反抗，同时又对社会矛盾加以调和是不切实际的幻想。最终，瓦伊亚吉在事业上和爱情上的失败，就是作者这一主题思想的体现。在小说中，作者通过对各种人物的描写，歌颂了为肯尼亚独立而斗争的英雄人物和渴望自由、对未来充满热切期望的广大肯尼亚劳动人民；抨击了独立前那些为了私利和白人殖民者互相勾结、出卖民族利益、充当白人殖民者辩护士的市侩人物和民族败类；揭露了白人殖民者不择手段残酷压迫、剥削、奴役肯尼亚人民的丑恶嘴脸。

恩古吉·瓦·提安哥，一九三八年生于肯尼亚的利穆鲁，一九六四年毕业于乌干达麦克雷雷大学。曾先后在内罗毕大学、麦克雷雷大学和西北大学任教，现为内罗毕大学文学系主任。

六十年代初他步入文坛以来，发表了大量的小说和剧作，除成名作三部曲外，还有长篇小说《血染的花瓣》、《恩古吉短篇小说选》、《十字架上的魔鬼》、《殉难者》，以及剧本《黑隐士》、《我高兴什么时候结婚就结婚》和《明天这个时候》等。

恩古吉的三部曲中的《孩子，你别哭》和《一粒麦种》已译成中文出版，这次把《大河两岸》译成中文出版，将使我国读者能够比较系统地研究这位誉满非洲文坛的作家作品的思想性和艺术性，同时也为我们了解肯尼亚以及非洲文坛的现状和未来打开一个小小的窗口。

《大河两岸》是根据一九七○年出版的英文版和一九七四年出版的斯瓦希里文版译出。在翻译过程中，以原著英文版为主，参考斯文版，两种文版在意思和表达方法上有出入时，基于斯语是肯尼亚民族语言的原因，则在不改变原著思想的基础上采取取长补短的译法。由于译者水平有限，译文谬误之处一定难免，敬请读者指出，以便今后修正。

1984 年 10 月